光文社文庫

傑作時代小説

ぼやき地蔵

くらがり同心裁《さい》許《きよ》帳《ちよう》(七) 精選版

井川香四郎

KOBUNSHA

※本書はベスト時代文庫より刊行された
「くらがり同心裁許帳」シリーズより、
著者が作品を精選したものです。

目次

ぼやき地蔵

「くらがり同心裁許帳」精選版(七)

第一話　落葉焚き

一

落鮎《おちあゆ》を求めて、多摩川《たまがわ》まで出向いていた忠兵衛《ちゅうべえ》が、溢《あふ》れんばかりの獲物を魚籠《びく》に入れて、地蔵堀《じぞうぼり》の五郎蔵《ごろぞう》の店まで戻って来たときには、とっぷりと陽が落ちていた。

屋号もない一膳飯屋《いちぜんめしや》だが、独り者の忠兵衛は時折、自分が釣った魚を持って訪れては、主人の五郎蔵の手料理をアテに酒を飲むのが楽しみであった。

今日は大漁だから、錬武《れんぶ》道場の連中も誘おうと思ったのだが、酒を奢《おご》るとなると少々、懐《ふところ》が寂しい。

——ま、今日は、つまらねえオヤジの顔が肴《さかな》でもいいか。

と忠兵衛が暖簾《のれん》を潜《くぐ》って店の中に入ると先客がいた。

店の隅っこで、小さく丸まったような姿勢の若造に、五郎蔵が説教を垂れている。若衆髷《わかしゅうまげ》は草臥《くたび》れており、縞《しま》の着物も着崩れていた。説教している訳を訊《き》こうと思ったが、五郎蔵が不機嫌なときには何を尋ねても無駄で、火に油を注《そそ》ぐようなものだから、忠兵衛はこっそりと退散しようと思った。

「こりゃ、いいところに来なすった、忠兵衛の旦那」

「え、ああ……」

面倒はご免だとばかりに、反対側の卓の前に腰掛け、釣ってきたぞと魚籠を掲げた。いつもなら、何がどれだけ釣れたかと飛びつく五郎蔵だが、やはり不機嫌なのであろう、若造の肩をポンと叩いて、

「忠兵衛の旦那。とんだものを拾って来やしたんで、へえ」

と言った。

険しい面《つら》の割には優しい声である。五郎蔵は元は盗人《ぬすっと》をしていたが、思うところがあって足を洗ってから、この深川《ふかがわ》地蔵堀近くに流れて来て、一膳飯屋と居酒屋を兼ねたような店をやっている。

忠兵衛はここの深川飯が好きで、釣りに来るたび立ち寄って食べているのだが、

決して飽きることはない。

五郎蔵は、料理の優しさとは裏腹に、昔取った杵柄《きねづか》ではないが、ワルあしらいが上手《うま》くて、根性のひん曲がった奴を黙って見てはいられない気質《たち》なのだ。

「拾って来たって、どういうことだ？」

忠兵衛が尋ねると、五郎蔵は若造の首根っこを摑《つか》んだまま、

「あちこちで盗みを働いた挙げ句、自棄《やけ》のヤンパチになって、刃物を振りまわし、永代橋《えいたいばし》から飛び込もうとしたんだ。丁度、俺が通りかかって、引っ張って来たってわけで」

「刃物を振りまわすとは、穏やかじゃないな……もっとも近頃は、あちこちの商家の蔵が破られてる……物騒も度を超すと、こっちがマヒしてしまう」

と忠兵衛は他人事《ひとごと》のように言ってから、

「まさか、その仲間じゃあるまいな。そいつらも刃物を使うようだが」

「そりゃ、ありやせん」

と五郎蔵は庇《かば》うように、

「刃物っていっても、まあ剃刀《かみそり》ですからね。人を傷つけるというより、てめえが死のうとしてたんでさ。まったく人騒がせな奴だぜ」

萬吉《まんきち》というこの若者は、まったく身寄りのない男で、〝天涯孤独〟であることをしきりに訴えていた。産んでくれた二親《ふたおや》の顔も覚えておらず、物心ついた頃から、色々な人のところを転々としてきたという。

ところが何をやってもうまく行かず、生来の飽きっぽい性格もあるのであろう、何処《どこ》にも奉公も出来ず、盗みや強請《ゆすり》たかりだけで、この十数年を生きてきたという。

「可哀想な奴なんですがね、こうやって縮こまっているところを見ると、そんなに性根の悪い人間にも見えねえ……なんとか救ってやりてえんだが、覇気《はき》がないというか、てめえでどうにかしてえって気力がねえってえか……」

「おまえの気持ちは分かるが、五郎蔵さんよ」

と忠兵衛は、釣って来たばかりの落鮎を手渡しながら、

「あんたは人が良すぎるんだ。人の気持ちなんざ、どうやってもたいして変わるもんじゃない。救いようのない者がいるのも現実だ。一々、拾って来て、性根を叩き直そうっても、生まれも育ちも人それぞれ。親切を施すだけ無駄ってもんだぜ」

「旦那らしくねえ言い草でやすねえ」

「ほら。落鮎だ」

「見りゃ、分かりやすよ……今時はハゼが美味《うま》いだろうによ、好きこのんで、産後

の痩せた鮎を釣る奴もいる。春の青々しい香りもねえし、腹も赤くなって、見かけもどうもな。けど、これもまた美味いもんだと釣るバカもいる」

人が目をつけない所に目を配るからこそ、五郎蔵は忠兵衛のことが好きなのだった。

「……だがよ、五郎蔵さん、人と魚じゃ話が違う。魚は食えばいいが、この手のガキはなかなか食えねえぜ」

「ふん。どうせ、俺は雑魚《ざこ》だよ」

と萬吉は自分が魚に喩《たと》えられたことで、心が傷ついたのか、まるでならず者のような悪態をついた。

「おやおや。死ぬと騒いだ奴にも、まだてめえの誇りがあると見える」

忠兵衛はにやりと小馬鹿にしたように萬吉を見やって、それより腹が空《す》いたから、早く飯にしてくれと五郎蔵に頼んだ。

自分を無視したような言動に、萬吉は益々不快な顔になったが、忠兵衛はまったくとりあわず、今日の鮎釣りの話を陽気に始めた。

忠兵衛の狙いは、萬吉の自尊心を徹底的に壊すことだと、五郎蔵は察した。人は己《おのれ》のことをぞんざいに扱われれば、必ず反発する。その力を利用して、柔術のように投げたり、関節を決めたりするのである。

「だな……じゃあ、旦那。今日は俺が腕に縒《よ》りをかけて、鮎飯を作ってやらあな」

一度焼いた鮎を、米と一緒に炊くのである。それが出来上がるまで、獲れたてのハゼの天麩羅《てんぷら》と市場に届いたばかりの秋刀魚《さんま》を焼いて、イカの塩辛と一緒に忠兵衛に差し出した。

酒は米所の水戸《みと》から届いた〝小桜《こざくら》〟という銘柄で、さらっとしているがコクのある忠兵衛好みの清酒だった。

放っておかれた萬吉は、忠兵衛がうまそうに酒を飲んでいるのを見て、

「なんでえ、てめえらはよ。いいよ、バカ。こんな所にいるか、ボケ、カス」

と乱暴な口調で言って、飛び出して行った。

一瞬、五郎蔵は心配そうに見やったが、忠兵衛は素知らぬ顔をしている。

「旦那……」

「大丈夫ってことよ。あの手合いは、誰かが追って来てくれるのを待っているんだ。どうせ、その辺でぶらぶらしていて、追っ手の姿を見りゃ隠れる。そのうち、向こうから帰って来るよ」

「だといいんですがねえ……剃刀を持ち歩いて、大川《おおかわ》に身投げしようって奴ですか

らね、ちょいと……」

「案ずるには及ばないよ。奴は誰かにかまってもらいたいだけだ。鮎飯が出来るころには戻って来るんじゃないか？」

忠兵衛もこの手合いは数えきれないくらい相手にしてきた。大体が、大暴れして橋から飛び下りるという大見得《おおみえ》を切りながら、何もしなかったところが、すでに〝鈍くさい〟のである。

むろん、犯罪を奨励するわけではないが、どうせ何も出来ない奴が、自分でもどうしてよいか分からず、暴れていただけの話である。だから、取るに足らない若造だと忠兵衛は思っていた。

だが……状況が変わったのは、半刻《はんとき》（一時間）余り後である。

鮎飯もすっかり出来上がったのに、一向に戻って来る気配がない。たまさか出会ったばかりの若造だが、五郎蔵も不安になって暖簾を割って出たところに、ヌッと酒井《さかい》一楽《いちらく》が現れた。

「あっ、これは旦那……」

南町《みなみまち》奉行所の定町廻《じょうまちまわ》り筆頭同心が自ら、大川を渡って深川くんだりまで来るのは珍しい。よほどのことであろうと思っていると、

「五郎蔵。あいつは、おまえの弟子なのかい？」

と唐突に訊いた。

すぐ近くの辻灯籠《つじどうろう》の灯りに浮かんだのは、萬吉の姿だった。しょぼくれて、背中を丸めている。何か異変があったのは一見して分かったが、どうやら自害とか、そういうものではないようだった。

「どうなのだ、弟子なのか？」

「別に弟子って訳じゃありやせんが……」

「が、なんだ」

「ちょいとした知り合いで……酒井様、こいつが何か？」

「何がじゃない。たった今、人をひとり殺《あや》めた」

「ええ⁉」

「しかも、相手は足もろくに動かない爺さんで、湯屋から帰って縁側で涼んでいたところを、グサリとひと突き。壺に貯め込んでいた金も盗んでやがった」

萬吉は震えながら、違うと首を振っているが、酒井はまったく意に介さず、縄をつかんでいる岡っ引の平七《へいしち》に、

「そうだな」

と同意を求めた。平七はこの界隈《かいわい》を縄張りにしている御用聞きだが、

「へえ。おっしゃるとおりで……叫び声がしたので、あっしが駆けつけたときには、もう……殺された爺さんは、桶屋の久三《きゆうぞう》って人で、近所の者に慕われてる好々爺《こうこうや》だったんで」

「という訳だ」

と酒井は五郎蔵を振り返って、

「だがな、こいつは、殺しなんぞしてねえ。おまえの弟子で、買い物に出かけてただけだ。嘘だと思うなら、訊いてみてくれってえから、わざわざ訪ねて来たんだよ」

「え、へえ……」

五郎蔵は萬吉を見やったが、どう答えてよいか分からなかった。殺しをしたとは思えないが、ほんの二、三刻前に、自棄を起こしていたところを連れて来ただけの赤の他人だ。面倒に巻き込まれれば、五郎蔵自身の旧悪が露呈しないとも限らない。

「どうなのだ？」

酒井が迫ると、萬吉は目顔で、助けてくれと訴えていた。それでも五郎蔵が答えられないでいると、暖簾を分けて、忠兵衛がぶらりと出て来た。

「話は大体、聞きましたよ、酒井様」

「角野《すみの》……そういや、おまえの馴染《なじ》みの店だったな。貧乏同心に相応《ふさわ》しい一膳飯屋だが……」

「その貧乏同心に相応しい、この店の奉公人に間違いありませんよ、なあ五郎蔵」

と忠兵衛が事もなげに投げかけたので、五郎蔵の方が驚いた。

萬吉も驚いて見やっていた。忠兵衛のことを、同心とは思っていなかったのである。着流しで釣《つ》り竿《ざお》を抱えて来たのだから、無聊《ぶりよう》を慰める浪人にしか見えなかったのであろう。

「まことか、角野」

「はい。もっとも弟子入りしたのは、一刻程前のこと。後見人は俺ですよ」

「そうか。ならば話が早い。奉行所へ引っぱって、早いところ片をつけろ」

「ぜひ、そうしたいところですが、丁度、鮎飯が出来たところです。酒井様もいかがです？　本当にうまいですよ」

「貴様、舐《な》めてるのかッ」

「酒井様とて、深川に来てるってことは、どうせ女郎買いでしょ？」

「なっ、何を言うか！」

「冗談ですよ。そんなに顔を真っ赤にせずとも……とにかく、本当に殺しだと言うのでしたら、まずは証《あかし》を見せていただきましょう」

「証……証はな……」

曖昧《あいまい》な表情になって平七を振り返った。はっきりとした証拠はないが、平七は萬吉が剃刀で暴れていたことも知っていた。それが何よりの証だと言って、自身番にて取り調べると断言した。

「ならば、私も立ち会いましょう」

忠兵衛が身を乗り出すと、酒井はなんとなく嫌な気がした。

――こいつが絡んでくると必ず、妙な塩梅《あんばい》になる。

と警戒したのである。腑《ふ》抜《ぬ》けた顔や態度をしていながら、お奉行が目をかけている同心だと、酒井もようやく勘づいたのである。

「まあ、その前に鮎飯を食べませんか。せっかく私が多摩川まで出向いて釣って来たのですから、さあさあ」

忠兵衛は自ら厨房《ちゅうぼう》に入ると、ほくほくに炊き上がっている土鍋を、濡《ぬ》れ手拭《てぬぐ》いで持って出て来た。香ばしい匂いが店中に広がって、秋の夜長の風情《ふぜい》にはぴったりであった。

何処かから、落葉焚きの匂いも漂ってきた。

「この匂いは妙に懐かしいなあ」

と忠兵衛が言うと、萬吉も大きく頷いた。

「なんとも言えねえ匂いがたまらねえ」

二

その夜、清住町《きよすみちょう》の自身番で遅くまで取り調べをしたが、結局萬吉は、

「俺は何もしていない」

の一点張りであった。

それを受けて、酒井と平七は、素直に吐けば、罪一等を減じて遠島にしてやると揺さぶっていた。磔《はりつけ》が獄門《ごくもん》、獄門が斬首《ざんしゅ》というふうに〝減刑〟されたとしても、人殺しは死をもってあがなうことに変わりはない。遠島になることなどまず考えられない。

だから忠兵衛は、やっていないのならば、決してやったと言うなと、傍《かたわ》らから助言した。

「おい、角野。おまえは、どうして、そこまで肩を持つのだ。そもそも、おまえは〝くらがり〟を扱うのであって、定町廻《じょうまちまわ》りにまで、しゃしゃり出て来ることはないのだ」

「それは間違いですよ、酒井様。奉行所の内規を読めば誰にでも分かることです」

「なんだと？」

「思い込みで下手人《げしゅにん》と断じてはならない。拷問をもっての自白は慎むべし……さすがは名奉行の大岡《おおおか》様。上様のご信頼も篤《あつ》く、人の情けに通じておいでです」

奉行の名前を出されては、ますます反論しにくい。酒井は不快な感情を露《あら》わにしつつも、平七に対してこれぞという証はないのかと強く迫った。

「では、酒井様。私から、こいつに質問をさせてもらっていいですか？」

「おまえがか」

「はい。定町廻りではありませんが、筆頭の酒井様がご同席されてますから、問題はないでしょう」

その逆手を取ったような言い草が、また酒井には気に入らなかった。まあ、どうでも相容れないものが、忠兵衛との間にはあった。

「いかがですか？」

「……まあ、よかろう」

酒井の許しを得て、忠兵衛は奥の板の間に座らされたままの萬吉に、おもむろに尋ねはじめた。

「まず、国から訊こうか……ああ、生まれた所も、二親も知らぬと言ったな。だが、誰か身近な者から聞いた話でもよい。知っていることを話してみな」

萬吉は意外なほど優しい忠兵衛を見つめて、小さく頷いた。まだ子供のような弱さが残っている。だから、ひねくれてはいても必ず真人間になると忠兵衛は信じていた。

「名は萬吉、だな」

「ああ。親がつけてくれた名かどうか知らねえがな。物心ついたら、そう呼ばれてた」

「江戸《えど》に来る前には、何処で何をしていたのだ?」

「色々だよ」

「その色々を訊きたい」

「思い出したくもねえよ。何処へ行っても牛や馬のような扱い。ふん、飼われている犬の方がマシだったんじゃねえか? ちょっとでもトチッたら、殴られ蹴られ……熱い湯だってかけられた。毎日が地獄だったよ」

「可哀想にな……」

「みんなそう言ったよ。でも、誰も助けてくれなかった」

「だから、世をすねたのかい？」

「俺がすねたんじゃねえ。世の中の方がおかしいんだ」

「ん？」

「だって、そうじゃねえか。近頃は、妙な輩《やから》が平気で親兄弟だって殺すし、盗みや辻《つじ》斬《ぎ》りは後を絶たない。幕府のお偉い人たちは百姓をいたぶってぬくぬくと暮らしているくせに、賄賂《わいろ》まで手にして悪いことばかりしている。どこに光があるってんだい」

「おまえの言うとおりだよ」

「！……」

「それでも、みんな、まっとうに生きてるんだよ」

「俺がまっとうじゃねえってのか!?」

説教臭い忠兵衛に、萬吉が興奮気味になったので、酒井が後ろ襟《えり》をぐいと引っぱった。そのままゴロンと倒れそうになったが、忠兵衛は支えてやって、

「そうやって世の中が嫌になって、刃物ふるって暴れて、死のうって思ったのか？　つまらねえ了見だな」

「あんた……」

萬吉は身を乗り出すように忠兵衛を凝視した。

「忠兵衛さんでしたっけね。あんたは死のうと考えたことがないのかい」

「ないな……あ、いや、女房が死んだとき、ちょっと思ったかな」

「だったら少しくれえは、死にたい奴の気持ちも分かるんじゃねえか？　どうしようもねえことってあるんだよ」

「だが、それは色々と苦労して、生きてきた奴が言うことだ。おまえなんざ、まだ産毛《うぶげ》が生えたばかりのガキじゃねえか。そりゃ、今は辛いかもしれぬが、生きてりゃもっといいことが沢山ある。ああ、あるんだぜ」

「今までなかったんだよ……これから、どんないいことがあるってんだ」

「好きな女ができるかもしれぬ。そしたら、可愛い子が生まれるかもしれないではないか。それから……」

遮るように手をかざすと、萬吉は辟易《へきえき》した顔になって、

「可愛い子を棄《す》てるんだよ、俺の親みたいに」

「棄てられたのか？」

「だから、親がいねえンじゃねえか」

「死んだのかもしれぬし、やむにやまれぬ事情があったのかもしれぬ。いずれにせよ、おまえがこうして生きてるのは、二親あってのことだろうが。それだけでも感謝すべきではないのか？」

「二親がいなきゃ、よかったんだ……そしたら、俺もいねえ。こうして、悩むこともねえし、あんたらに人殺し扱いされることもなかったッ」

「貴様！」

と酒井が顔を紅潮させて、また摑みかかろうとしたが、忠兵衛は必死に謝りながら止めて、

「こうして、話しているだけマシな奴です。ああだこうだと喋って、てめえじゃ説明のつけようのない怒りを、人に爆発させようとしてるんですから。ねえ、酒井様、つきあってやらなきゃ」

「なんだと!?」

「まあまあ……こいつだって、まっとうに働きたいんですよ」

忠兵衛は冷静な態度で続けようとしたが、萬吉にはそれが鼻持ちならなかったよ

うで、よけい反発するように声を荒らげた。

「働きたくなんかねえよッ。人の顔を見れば働け、働け……みんなそうだ。働いて何になるんだ。金貯めて、要《い》りもしないものを買って、美味いもん食って酒飲んで浮かれて、金儲けばかり考えて、金に振りまわされて、偉い人の顔色ばかり窺《うかが》って……何もしてねえ奴は、世の中のダニだと思ってやがる」

「……」

「別に俺は働きたくもねえし、勉学もしたくねえ。それの何処が悪いンだ」

「……誰も、そんなことしろなんて、一言も言っちゃいねえよ」

「言ってんじゃねえか」

「やりたくないことはやらなくていい。働きたくなきゃ働くな……俺だって、毎日お勤めをするのは嫌だしな。釣りをしていた方が楽しい。だが、寄生できる所がないから、お役目に縋《すが》っているだけだ。だから、おまえも働くな。勉学もするな」

萬吉は気味悪げに忠兵衛を見た。そんなことを、今までに言われたことがないのだろう。だが、それと殺しをしたかどうかの話は別だ。忠兵衛はどっかと胡座《あぐら》を組み直すと、

「これからは、ちょいと気合いを入れて尋ねるぞ」

「……」

「働こうが働くまいが、それはおまえの勝手だが、殺したかどうかは、おまえの勝手次第にはいかぬ。御定法《ごじょうほう》が人を殺しちゃならねえと定めているからだ……御定法があっても、少々のことなら目をつむってくれるだろうが、殺しはいけねえってことくらいは分かるよな」

「そ、そりゃ……」

　雰囲気ががらりと変わったので、萬吉は少しばかり動揺したようだ。周りを見れば、刺股《さすまた》や突棒《つくぼう》などの捕縛道具もある。自身番に連れて来られるのは慣れているようだが、人殺し扱いをされたのは初めてだから、正直、びびっていたのである。

「岡っ引の平七の話では、おまえが爺さんを庖丁で殺し、その場から逃げたってことだが、それは本当かい？」

「ち、違う……」

「なら、なんで、桶屋の爺さんの所に行ったりしたんだ？」

「それは……」

　萬吉は必死に訴えるように、

「あの爺さん、前に一度、俺に金を恵んでくれたことがあるんだ」

「金を？」

「ああ。ならず者に絡まれて、賭場《とば》で勝ったばかりの銭を取られたんだ。それが、たまたま久三爺さんの家の前で……ならず者を追っ払ってくれた上に、飯代を……だから、俺ア、五郎蔵さんの店を出てから、ぶらついてたけど、行く所がなかったから、爺さんちに……」

そしたら、久三が倒れていたので駆け寄ったら、腹に庖丁が刺さっていた。仰天していたところに、平七が通りかかった。言い訳をしたのだが、聞いてくれず、お縄になったというわけだ。

「平七が通りかかった……」

忠兵衛はゆっくりと平七を振り返った。

「まあ、縄張りだから、通りかかっても不思議ではないが、何の用だったのだ？」

「え、それは……何か関わりありますか」

「答えずとも分かってる」

と酒井の顔をチラリと見て、

「酒井様に、深川七場所の中で、よい見世《みせ》を案内するために待ち合わせでもしていたのであろう？」

「こら、角野。言うに事欠いて、無礼だぞ」

「これは済みません、酒井様。どこの見世で遊ぼうとそれは勝手なので、発言は撤回致しますです、はい」

「本当に舐めておるな、貴様……」

今にも爆発しそうだったが、忠兵衛は淡々と続けた。

「ならば、萬吉。おまえが殺してはおらぬという証は立てられるか？」

「ええ？」

「無理を承知で訊いてるんだ。本来なら、咎《とが》める側、つまり俺たち十手《じって》持ちが、おまえが殺したという証を立てなければならぬ。だが、下手人が別にいることが明らかならば、おまえはすぐにでも解き放たれるであろう」

萬吉は俯《うつむ》いたままじっと考え込んでいた。

すると、ハッと思い出したように顔を上げて、

「そうだ、忠兵衛の旦那。俺ア、見た」

「誰をだ」

「どう言ったらいいか……背が高くて、この耳の後ろあたりに、ちょっと刀傷みたいなのがあって、目つきが鋭くて……なんだったたっけなあ……文字ははっきり見え

なかったが、薄紅の印半纏《しるしばんてん》を着てた。その男が、桶屋から出て来たのを見たンだ」

この発言には忠兵衛も訝《いぶか》った。

「本当か？　出鱈目《でたらめ》を言うと、後が面倒だぞ」

「ほら。そうやって、すぐ疑うンだ」

「そうではない。闇夜で、よく顔まで、覚えているな」

「軒提灯《のきぢょうちん》がぶらさがっていたからよ」

そう言えば、八幡宮《はちまんぐう》の縁日だったから、提灯が並んでいた。煌々《こうこう》と明るいものである。ならば、もっと覚えている者がいてもよさそうだが、それは後で忠兵衛が調べれば済む話である。

「そのくらいにしておけ、角野」

分《ぶ》が悪くなったのか、酒井は忠兵衛を止めて、後は定町廻りで預かる、永尋《ながたずね》がでしゃばる番ではないと言った。だが、何の証もないのに引き渡すわけにはいかない。どうせ、こっそり拷問をして白状させ、とっとと小伝馬町《こでんまちょう》送りにするのは目に見えていた。

そうはさせじと忠兵衛は、先程話したように、自分は萬吉の後見人だから、五郎蔵に預け、しばらく面倒を見ると断じた。

「その代わり……」

「その代わり、なんだ角野。間違いだったら、腹を切るか」

「そんな立派な覚悟は私にはありません。それより、萬吉が見たという背の高い、ここに刀傷のある男を探し出してからでも、遅くはありますまい」

「ふん。どうせ助かりたいがための戯《ざ》れ言《ごと》だろうが……まあ、こっちも暇じゃねえ。だが、悠長なことはさせねえぞ。一両日中に、とっとと挙げるンだな。できなけりゃ、下手人はこいつだ」

と萬吉を指すと、酒井は平七を連れて、自身番の表に出た。

頃合いよく月も出ている。

「ちぇっ。つまらねえ寄り道させやがって」

平七に文句を言っている。酒井はやはり、悪所に行くつもりだったのであろう。

忠兵衛は萬吉の肩を叩いて、

「さあ、鮎飯を食いに戻るぞ。なに、冷めても美味いし、茶漬けにすりゃ、もっと味が広がってたまらんのだ」

そう言いながら萬吉の縄を解いた。

三

ぶんぶんとうるさい蚊が飛んでいた。

「秋だってのに、まだいやがるか」

と腹立ちまぎれにバチンと耳の後ろを叩いた佐多吉《さだきち》は、それが強すぎたのか、うっと呻《うめ》いた。

その右耳の後ろには、刀で斬られた古傷があった。

よく見ないと分からないが、耳たぶも少し欠けている。店の者は誰もその傷について尋ねたことはないが、詩織《しおり》は何のためらいもなく訊いた。

「あら、佐多吉さん。凄い所に傷があるんだねえ……わっ。これ、結構、深い傷だったんじゃないの？」

屈託なく言うので、佐多吉の方もさして嫌がりもせず、

「へえ。若い頃、やんちゃしてるときに」

「だったら、相手は侍？」

「そうじゃありませんが、この傷のお返しに殺してやりました」

「えッ」

「――嘘ですよ、詩織さん」

　とニヤリと笑った佐多吉だが、どこまで嘘か本当か分からない危うさはあった。

　ここは、佐多吉が営む『筏屋《いかだや》』という運び屋。今でいえば、宅配便というところか。荷車や川や堀割を渡る筏をいくつか持っていて、手際よく運ぶのが信条で、江戸町人から重宝されていた。

　詩織は少し前から見倒屋《みたおしや》という商売を始めていた。見倒屋とは、どんなものでも安値で買い取る古物商のようなものである。

　大店《おおだな》が潰《つぶ》れたり、大名や旗本が改易になったりすれば、家財道具や衣類、書画骨董《しょがこっとう》の類《たぐい》を処分しなければならない。もちろん、公儀に没収となれば話は別だが、それでも、

――取られるくらいなら、幾ばくかの金に換えておこう。

　と思うのが人情である。

　武士が改易になれば、〝平民〟にされるのだから、さしあたって暮らす金は必要であろう。とはいえ、一々、古着屋だの骨董屋だの古道具屋だのを呼ぶのは面倒だし、手間がかかる。だから、一度に処分してくれる業者に頼む。

それを請け負うのが見倒屋である。

見倒屋では、大きな荷物を毎日のように運んだり、持ち込まれたりするから、それこそ、よく『筏屋』を使っていた。

佐多吉は元々は、極道者で、浅草《あさくさ》の寅五郎《とらごろう》一家にも可愛がられていた若者である。まだ二十歳《はたち》を二つ三つ過ぎたばかりだが、なかなかの落ち着いた男ぶりで、やんちゃをしていた者には見えない。信頼のおけそうな風貌と、立ち居振る舞いだった。

店で使っているのも、元はぐれ者ばかりである。まだ十五、六の若造から、五十過ぎの老体もいる。人生を何処かで踏み外した者たちに、佐多吉は自分なりにまっとうな暮らしをさせたいと願って、汗水流すことを教えているのである。

傍《はた》から見れば、

「佐多吉みてえなやろうに、何ができると言うンだ。あんな奴に世話になるくらいなら死んだ方がましってもんだ」

などと噂する者も多かった。

佐多吉はそれを受け入れるしかなかった。人様にそう言われるほど、悪さをしたのも事実である。人殺し以外のことは大抵してきた。自分を傷つけたこともある。

生きているのが不思議なくらいだった。

だが、あるとき、いつもは好々爺だった浅草の寅五郎が乾分《こぶん》に命じて、身寄りのない婆さんを殴る蹴るして半殺しの目に遭わせたことがある。縄張りの中で筵《むしろ》を敷いて、女浄瑠璃《おんなじようるり》の真似事をしていたのだが、ショバ代を払わないという理由だった。

その折、佐多吉も命じられるままに老婆を殴ったのだが、余りにも理不尽だし、心が痛むので手を抜いたら、

「情けをかけるな、ばかやろう。どうせ、この婆《ばばあ》は餓鬼《がき》みたいな人生を送ってきたんだ。これくらいのことされても、まだ足ンねえんだよ」

と寅五郎は自ら蹴倒した。

佐多吉は見るに堪えないというよりも、老婆を殴った自分の拳《こぶし》がとてつもなく、えげつないものに感じられてきた。極道者になるのならば、妙な同情は無用だ。その無駄な情けが死を招くのだと、親分は教え込もうとしたというが、到底納得できることではなかった。

「だったら、てめえのしてきたことは何なんだ。人の命を弄《もてあそ》び、人が一生懸命稼いだものを掠《かす》め取り、女を犯し、罪もねえ奴を脅したり殴ったりしてたんじゃねえ

のかッ」

そう寅五郎に罵《ののし》られたが、かえって己の愚かさに気づいた。というよりも、その時、初めて人の痛みを感じたのである。

そう言った佐多吉に、

「でも、どうして、そんなに悪くなったりしたの？」

と詩織は訊いた。

「そうだな……なんでだろう……」

この女の前では、佐多吉は不思議と素直になれた。まるで観音様のように思っていたのは、滋味のように溢れ出てくる晴れやかさがあったからである。女として意識しているわけではない。だが、どこか懐かしさがあって、姉のように慕っていた。

「その時、寅五郎親分に何の非もない婆さんを叩かされたとき、胸のこのあたりが、気持ち悪くなって……その気持ち悪さがずっと残っていたのと、なんとなく俺を置いていったおっ母《か》さんを思い出してよ」

「おっ母さん……」

「ああ。俺が八つになったばかりだった。お父《と》っつぁんは酷《ひど》い男だったらしく、物心ついたときにはもういなかった。何処かに別の女を作って俺たちを棄てたらしい」

「俺たち？」

「おっ母さんに俺、そして、まだよちよち歩きの弟がいた」

「弟……」

佐多吉は小さく頷いて、自分が棄てられたときのことを話し出した。

一度も会ったことのない夫婦者のところに連れて来られた。子供のいない夫婦に貰われたのだ。女手ひとつで、毎日食うにも困っていたので、誰かに委ねるしかなかったのであろう。

だが、弟はまだ母親が必要な幼子だから、引き取ったのであろう。

「上州《じょうしゅう》の小さな村だ。雪の降る朝だった……おっ母さんは俺に諭《さと》すように、『春になったら迎えに来る。だから、おじさんとおばさんの言うことをよく聞いて、待っているんだよ』と言って、何度も振り返りながら、弟を抱いて立ち去った」

と佐多吉は遠い目になったままで、ぼそぼそと続けた。

「だが、翌春も、その翌春も……おっ母さんは迎えに来なかった。俺は毎日毎日、野良仕事に牛の世話……見てのとおり親に貰ったこの体だけは丈夫だったから、野良仕事は平気だったが、母親に棄てられたという思いだけは拭《ぬぐ》いきれなかった……

年頃になって来ると、俺は生意気になるし、育ててくれた夫婦も、所詮《しょせん》は他人の子だと冷たくなってくる。おまけに二人の仲が悪くなって、俺を石切場の人足頭《がしら》に預けて、そのまま何処かへ消えた……俺は二度、棄てられたンだ」

「……」

「石切場の仕事はきつくてよ、さすがに長い間やっていたら、辛抱ができなくなって逃げ出した……だが、まともに読み書きもできねえ奴を相手にしてくれる所はねえ。自分で学ぼうとしたが、何をするにも金がかかるし、寺子屋に入るにも、後見人だの預け金だのが要るから叶《かな》わねえ……そのうち、世間てのは酷えなあって思うようになってよ……そんな酷え世間のために、まっとうに働く方がバカだって思うようになったんだ」

「そう……辛かったんだね。だから、寅五郎のような輩と……」

詩織はしみじみと聞いてから、

「でも、どうして、立ち直ろうと思ったの？　何の落ち度もないお婆さんを叩くのが心苦しかっただけ？」

「おっ母さんを思い出したからだ……俺を置いて行ったときのおっ母さんを……」

「……」

「今でも何処かで生きているかもしれねえ……そう思って、どんな小さな手がかりでもいいからって探し始めた。ああ、探し出そうとした。そしたら……」

「見つかったの？」

「ああ。意外な所にいたよ」

「意外な……」

「俺たちが生まれ育った桐生《きりゅう》の町で、小さな絹問屋の女将《おかみ》におさまっていた」

佐多吉を置き去りにして、弟を育てるために苦労をしていたが、そんな母親を見《み》初《そ》めた男がいて、後添えにしてくれたのだった。

「ああ、生きていてくれてよかった……そう思って訪ねて行ったら、懐かしがってくれるどころか……十年近く経《た》っていたし、こっちの風貌がよほど怖かったんだろうな……今は幸せにやっているから、もう関わらないでおくれ、自由に生きておくれとちょっとした金を渡されて追い返された」

「そんな、酷い……」

「そりゃ悲しかったよ……でも、まあ、それが世間だと分かってたから、別に何とも思わなかったな。腹の中じゃ、小金にありつけてよかったと……そう思ったくれえだしな。でも……」

と佐多吉は店の表から、通りを見回しながら、

「ひとつだけ気がかりなことがあった」

「気がかり……」

「弟だよ……おっ母さんの話によれば、三つになるかならないかのときに、誰かに預けたらしい……ひでえ親がいたもんだよな……おっ母さんと呼びたくもねえや、てめえが産んだ二人の子を棄てたんだからな。まあ、親父もそうだが……鬼畜生だぜ」

「そうだったの……」

「だからよ、ああ、だからこそ、俺はまっとうに生きなきゃなって思い始めたんだ。てめえの幸せのためには、産んだ子がどうなろうとかまわない……そんな人でなしにはなりたくねえ……だが、天涯孤独じゃねえ、俺には弟がいる。そう思ったら、悪さなんてできねえって、そう……」

「………」

「いつか弟に会える日が来るかもしれねえ。その時、弟に顔を合わせられねえ人間にだけはなっていたくない……弟だって、俺を探してるかもしれないじゃねえか……だから、俺は……」

「まともな人間になろうと思ってんだね」

　佐多吉は返事をしなかったが、鼻水をすする音で、詩織は心の奥底に横たわっている鉛のような苦しみを理解できた気がした。だからこそ、同じような目に遭っている若者たちが、罪人にならないように面倒を見てやっているのである。

「俺たちは、みんな落葉みたいなものなんだ」

「落葉？」

「ああ。世の中の肥やしになるかもしれねえが、誰にも振り返られず、踏みにじられるだけだからよ。いらなくなったら、焼かれてしまいだ」

「落葉焚き……でも、えらいよ、佐多吉さんは」

「なに……もしかして、弟がうちの奴らみてえに、ひねくれていたら、風の噂を聞いて、ここに来るかもしれねえと思ってのことだよ」

　若者の面倒を見るだけではない。佐多吉はひねくれて、どうしようもない子を持つ親の相談も受けていた。

　——うちの息子をどうにかしてくれ。娘を何とかしてくれ。

　という親に対しても、助言をしたり、時には厳しく糾《ただ》したりするのだった。

「へえ。そういうのだったら、新八郎《しんぱちろう》さんが得意だよ」

「新八郎さん？」

「うん。この前、うちの店の前ですれ違ったんだけど、覚えてない？　錬武道場の道場主。山根《やまね》新八郎。まだ若いしさ、気が合うかもよ」

「だったら、一度、酒でも酌み交わしてえなあ」

「下戸《げこ》だよ。それにしても、あんたは偉い。自分ひとりで立ち直ったンだもの。新八郎さんも、角野忠兵衛というお人がいなければ、きっとねじ曲がったままだった」

「角野忠兵衛……聞いたことがある。ああ、いつも筆頭同心の酒井様がバカにしている〝くらがり〟の同心だ」

「あ、だめよ。酒井様なんか信用しちゃ」

と詩織は言ったが、佐多吉は困惑した顔で返事をしない。目配せをしているので振り返ると、そこには酒井がデンと立っていた。

「あらまあ、酒井様。相変わらず立派なお腹《なか》ですねえ」

「信用ならないってか？」

「案外、風見鶏《かざみどり》ですものね。でも、酒井様のいいところも知ってますので、お気になさらず。では、また」

にっこり微笑《ほほえ》みかけると、詩織はからころと下駄を鳴らしながら往来へ向かった。ゆらゆらと潰《つぶ》し島田《しまだ》が揺れている。帯の下の尻の動きも艶《なま》めかしい。

酒井は意味もなくチッと舌を鳴らして、詩織を見送りながら、

「忠兵衛の何処がいいのかねえ……あの女の考えてることはさっぱり分からぬ」

と言って、佐多吉を振り返った。

不躾《ぶしつけ》に佐多吉に近づくと、耳元に手を伸ばして覗き込むように見た。

そこには、刀傷がくっきりとあった。

途端、酒井は目を凝《こ》らして、

「……佐多吉ってのか」

「へえ」

「ワルばかりを集めて運び屋をしているそうだが、景気はどうだい」

「お陰さんで、なんとか、人様に迷惑もかけず、おまんまは食べていけてます」

「迷惑もかけずに……な」

胡散臭《うさんくさ》そうにまじまじと顔を見た後で、店内で帳簿をつけている者、店先で荷物の積み卸《おろ》しをしている者などを眺めながら、十手をちらつかせた。

「佐多吉……おめえ、一昨日《おととい》の夜、本所深川に行かなかったか？」

「一昨日……へえ、行きました。急ぎの荷を届けに」

「ふむ。その帰り、桶屋に立ち寄らなかったか。久三って爺さんがやってる」

「いいえ。それが何か」

「本当か？」

「へえ」

「妙だな。おまえを見た奴がいるんだがな」

「ですから、本所へは行きましたが……」

「……まあいいや。ちょいと番屋まで来てくれ。なに、大した用じゃねえ。ちょいと訊きたいことがあるだけだ」

酒井の意味ありげな言い草に、店の若い者も不安げな様子で見守っていた。だが、佐多吉はあえて笑顔で、酒井に従った。

つと見上げた空には、どんよりとした雲が広がっていた。

四

半刻もしないうちに大雨になった。

雷が轟《とどろ》いて、滝のような雨となり、路上の塵《ちり》もすっかり側溝に流された。江戸市中には上水道に負けないくらいに、下水道も備わっていた。割下水《わりげすい》という。

本所の南割下水は、幕府がその昔、本所奉行に造らせたもので、用水も兼ねていたので綺麗なものだった。その両岸には桜並木がずらりとあって、春には大勢の人々で賑わっていた。

その割下水がどんどん増水し、往来に溢れそうになったので、荷船は船着き場や船留めに繋《つな》がれ、冠水した商家の手代たちはせっせと土嚢《どのう》を積んで、被害を食い止めようとしていた。それほど泥水が溢れ出したのは、突然の豪雨のせいだが、市中に広がる箱《はこ》下水では耐えられないほど凄かったのだ。

箱下水とか埋《うめ》下水と呼ばれるものは、町から町へ流れるので、道を横切ることもある。それを、横切下水と言ったが、そのいずれもが溢れると、始末のつけようがないくらい水が辺りに広がり、まるで水田のようになってしまう。

ずぶずぶに濡れながら、萬吉は出先から戻ろうとしていた。五郎蔵の言いつけで、料理を届けた帰りである。

出先とは、近くの町内の寄合に使われている商家なのだが、ちょっと出た間に、思いもよらぬ豪雨に祟《たた》られたので、萬吉はげんなりしていた。これだけ濡れれば、一気に店まで駆けて帰ってもよさそうだが、目が痛いくらいの雨に、思わず商家の軒先に飛び込んだのであった。

すると、店の中から声がかかった。

「そこにいてもびしょ濡れだ。さあ、入りなせえ、入りなせえ」

中年夫婦が帳場から声をかけている。荒物を扱っている小さな商店だが、いかにも人のよさそうな笑顔で、

「ここで雨宿りしたのも他生《たしょう》の縁《えん》。さあ、入って入って」

と主人が店先まで来て招き入れた。その上、手拭いを何枚か貸してくれて、濡れている頭や顔を拭きなさいと親切に言ってくれた。

このように優しい声をかけられたことがあまりない萬吉が、戸惑いながら施しを受けていると、奥の厨房に入ったかみさんが、作ったばかりだという甘酒を出してくれた。

「ほらほら、体が冷えてしまってはいけませんから、どうぞ」

萬吉はこくりと頭を下げて、受け取ったまま甘酒の入った湯飲みに口をつけると、アチッと驚いて唇を離した。

「あらら。まるで小さな子供みたい」

おかみが笑うと主人もえびす顔で、

「本当だね。そんなに急いで飲まなくても、甘酒は何杯でもありますよ」

萬吉はバツが悪そうに微笑み返して、甘酒を飲んだ。旨味《うまみ》がずしんと腸《はらわた》に染み渡ると、ふうっと溜息をついて、

「ふわあ。うめえなあ。こんなうまい甘酒、飲んだことがねえや」

「おいしいでしょう？　ははは、私は元々、甘酒売りをしてましてね、あちこちに売り歩いていたんですが、足腰を痛めたもので、人からこの荒物屋を譲り受けてね……けど、これはこれで結構、大変で。売ればいいってものじゃなくて、鋳掛屋《いかけや》の真似事も案外、きつくてねえ」

と訊いてもいないことを、主人は楽しそうに話した。見れば、あまり流行《はや》っていそうもない。たまさか軒先に飛び込んで来たので、いい話し相手が来たとでも思ったのであろうか。それにしては、屈託のない夫婦で、まるで息子でも帰って来たかのように、笑って迎えてくれた。

「似てるなあ」

「ええ。ほんに、そっくりですねえ、おまえさん」

肩を並べて座っている夫婦はしみじみと萬吉の顔を眺めて、首振り人形のように

頷き合っていた。

どうやら、自分たちにも息子がいたらしいのだが、何処かへぶらりと出て行ったきり帰って来ないらしい。子供を棄てる親がいれば、親を嫌って逃げ出す子供もいる。世の中ってのは、うまくいかないものだなあと、萬吉はぼんやりと思っていた。

甘酒を三杯もおかわりしている間に、夫婦者はいなくなった息子のことや、嫁《とつ》いだきりめったに帰って来ない娘の話をしていたが、萬吉の耳には右から左だった。

五郎蔵の用件は済ませたものの、ハタと気づいてみると、懐の中に金がない。さっき貰ったはずの売上金がない。わずか三百文ほどの金だが、萬吉にとっては大金である。しかも、落としたなんぞと言っても信じてくれないかもしれない。

——困った……。

と辛そうな顔をしていると、何かを察したのか、主人が声をかけた。

「どうなさったね」

「え、ええ……」

売上金のことを萬吉が素直に話すと、これもまた何かの縁だ。貰い損ねたのかもしれないし、何処かに落として誰かが拾ってくれているかもしれない。そう言って、三百文を貸してくれたのだ。

「返すのなんて、いつでもいいから……まあ、また時々、立ち寄りなさい」

「雨宿りをさせてくれ、甘酒までくれた上に、こんな……」

萬吉は心底、ありがたいと感謝をして頭を下げた。

主人はそれだけに留まらず、

「こんなことを言ってはなんだが、見たところ、あまり裕福ではなさそうだ。いや、貧しいことは悪いことではない。しかし、貧《ひん》すれば鈍《どん》するといってな、蟻地獄《ありじごく》から抜け出せなくなることもある」

そんなふうに言いながら、帳場にあった手文庫から、一分金《いちぶきん》や二朱銀《にしゆぎん》を出して持たせてくれようとした。遠慮することはない。訪ねて来た息子に小遣いをやるようなものだとは言ってくれたが、施しを受ける謂《いわ》れはない。

三百文を貸してくれただけで充分だと返そうとして、押し問答をしていたとき、弾みで手文庫がひっくり返り、じゃらりと小判が数十枚出て来た。

「あっ……」

と凝視した萬吉は、何か悪いものでも見たかのように顔を伏せた。店構えにしては、かなりの金持ちであると思ったし、もしかして何か悪い仕事でもしているのではないかと勘繰《かんぐ》ったりもした。

だが、夫婦の方は何事もなかったかのように、小判を拾い集めると、

「一生かかって、これだけの金を貯めたのですがね、まあ、たまたま富くじにあたったりもして、運がよかったのです」

そう屈託なく言った。

「あ、そうですか……」

「必要ならば、五両や十両くらいならば、お貸しすることもできますよ。どうせ、私たちは二人だけ。贅沢《ぜいたく》というものは好きではないし……いや、こうして二人で毎日、暮らせるだけで、私たちは幸せだから、ねえ、おまえ」

「はい。よかったら、どうぞ」

と、おかみの方も萬吉に笑顔を向けた。

萬吉はその途端、何か裏があるのではないかと疑った。そして、気味悪そうに夫婦を見やった。かつて、親切にされて、その後でろくなことがあったか。いや、まったくない。むしろ、そういう輩には後で手痛い目に遭った。

ここで調子づいて金を受け取ったりすると、後になって怖い兄さんが、借金取りに来て、もっと酷い目に遭わせられるのではないか、別の悪い道に引きずり込まれるのではないかとまで想像した。

そう思うと、目の前の夫婦が、なんとなく小汚いものに感じられてきた。

「――何を嬉しそうに見てやがるんだ」

と萬吉は自分でも驚くくらい明瞭に、悪意の目で夫婦を見やった。

「えっ」

きょとんと不思議そうに見ている夫婦は、萬吉の変貌に驚いたようだが、それでも微笑は絶やさないでいた。

「そんなに……そんなに俺がみすぼらしいか……ああ、どうせ俺は親なし子だ。誰からもバカにされて、惨めったらしく生きてきたよ。ついこの前だって、人殺しに間違われた。そんな面をしてるんだろうよ。だがな、金持ちだからって、俺を物乞いみたいに見やがって、いい気になってやがる。ええ、そうじゃねえんかッ」

「そんなことは、ありませんよ。私たちは他生の縁と……」

と主人が優しく言いかけたとき、

「しゃらくせえ、このコンコンチキめらが。てめえら、そうやって自分より貧しい、情けない奴を見て喜んでるだけじゃねえか。そんなに施しをしてえなら、そこにある金をぜんぶ寄越せ、このやろう！　それができンのか！　できねえだろう!?　だったら、偉そうに説教垂れたり、訊いてもいねえ身の上話をするんじゃねえ、バカやろう！」

　荒物屋夫婦は急に怖くなったのであろう、お互いの手を握りしめて寄り添った。

「ふん。その顔だよ……とんでもねえ奴と関わった。そう思ってるだろう？　ああ、俺はどうせ、ろくでなしだ。この世に生まれて来なけりゃよかったコンコンチキだ」

「そ、そんなことはありませんよ。この世の中に生まれて来たのは……」

「必ず意味があるってんだろう？　そんな話は散々、聞かされたよ。けど、俺は親に棄てられた、兄弟もいねえ、天涯孤独。いいか、おっさん、おばさん！　世の中にはな、てめえらの知らないバカや哀れな者が沢山いるんだよッ。ああ、人でなしがな。さあ、有り金ぜんぶ、寄越しやがれ！」

　まるで凶悪な押し込みのような顔になった萬吉だが、そのまま手文庫を奪って逃げようとはしなかった。目の前にいる親切ごかしの夫婦。いや、親切であることは間違いのない人間なのだが、萬吉はそのことが余計に苛《いら》ついた。

「さあ、どうする！」

　ぶるぶると震え出す夫婦は身動きひとつできないでいた。萬吉の怒鳴り声は、折からの豪雨のせいで、表通りに洩《も》れることはなかった。

五

忠兵衛が神田明神下《かんだみようじんした》の大番屋に呼ばれたのは、その翌朝のことだった。

すっかり雨があがり、爽《さわ》やかな秋空が広がって、鳶《とんび》が優雅に舞っているほどで、海風が江戸中にそよいでいた。

だが、大番屋の中は、どんよりと澱《よど》んでおり、昨日の大雨による湿気が、べったりと張りついていた。梅雨《つゆ》のような不快な気分で、奉行所から赴いていた吟味方与力《ぎんみかたよりき》もどこか苛ついていた。

「そこへ、直れ」

吟味方与力の威光を借りて、酒井は大仰な態度で忠兵衛に命じた。

「は？」

「直れと言っておるのだ」

「……どういうことでございましょうか」

「それを話してやるから、座れと言っておるのだ」

土間の奥に、ちょっとしたお白洲《しらす》のような場所がある。高座から見下ろしている吟味方与力は、ただじっと様子を窺っているだけだ。

大番屋は奉行所の詮議所《せんぎしょ》で裁きを行う前の下調べをするところである。

ここで証拠の品や自白などを得た後、奉行所へ連れて行って、正式な吟味をする。それで有罪の疑いがあれば、小伝馬町の牢屋敷に留めおき、何度かの詮議を重ねてから、お白洲で町奉行が直々《じきじき》に取り調べることとなる。

奉行所のお白洲まで呼ばれると、無罪になることはまずない。何らかの事情で減刑になったとしても、刑に服することには変わりない。

それに、一度、お上《かみ》に睨《にら》まれた咎人《とがにん》は、よほどのことがない限り、無罪放免になることはない。仮にお解き放ちになったとしても、世間からは白い目で見られる。奉公先からは暇を出され、長屋からも夜逃げするしか道はない。時に、親切な人たちが手助けしてくれることもあろうが、そんな奇特な人は希《まれ》であった。

「……そういう親切な人を……あやつは事も無げに殺めたのだ」

「何の話でしょうか？」

「おまえが庇《かば》い立てした萬吉だ」

「萬吉が何か……」

「あやつは昨日、五郎蔵の使いである商家に仕出しを届けに行った。その帰り、あの酷い雨に遭い、雨宿りをしたそうだ。丁度、俺が、佐多吉の店に行ってた頃か」

「佐多吉？」

「ああ。萬吉が見かけたという、桶屋殺しの下手人だ」

「見つかったのですか？」

「あちこち探し回って、それらしき奴を……」

と土間の片隅に控えている平七を扇子《せんす》で指して、

「そいつが探し出したんだ。萬吉の話していた、ここん所に刀傷のある男だ」

と自分の右耳の後ろを撫でた。

「いたんですか!?」

忠兵衛は身を乗り出したが、酒井はもう一度、座れと命じて、

「それが妙なことに、佐多吉はたしかに本所深川の方に出向いていたが、桶屋の爺さんが殺されるだいぶ前に、店に戻っていた。店の者たちの証言もあるが、名主もたまたま顔を合わせていたから、信憑性《しんぴようせい》はある」

「……」

「てことは、萬吉は嘘をついたってことだ。適当に言ったのか、何処かで見かけた男の顔を思い出して、でたらめを言ったか……いずれにせよ、いけしゃあしゃあと

嘘をつきやがったンだよ」

「まさか……！」

「まさかもとさかもねえ。萬吉は、桶屋だけでは飽き足らず、親切に雨宿りをさせてくれた荒物屋夫婦も殺して、金を奪い取ったんだ」

自信満々に言う酒井の顔は、まさに鬼を討ち取ったような表情だったが、忠兵衛には俄《にわか》には信じられなかった。

「おまえが信じようが信じまいが、それが事実なんだよ。いいか角野。おまえは、萬吉の後見人になると言ったよなあ」

「はあ……」

「どうするんだ。十手返上じゃ事は済まぬぞ。ねえ、船木《ふなき》様」

と吟味方与力を振り向いた。

船木は半眼で黙って聞いているだけであった。今はただ様子を見ているのか、面倒臭いのか、小さく頷いただけで、取り調べは酒井に任せている節があった。

「荒物屋夫婦を殺した……というのは、本当のことですか？」

忠兵衛が慎重に問い返すと、酒井は自分が間違っていることでも言っているのか、と文句を吐きかけて、土間の平七を見やった。

「そうであろう、平七……この間抜けな同心に聞かせてやれ、おまえがその目で見たままのことをな」

「へえ。あっしは、桶屋の久三を殺したのは萬吉に間違いねえ、そう思ってやしたから、ずっと張りついてやした。逃げられちまったら、それこそ〝くらがり〟に落ちてしまいやすからね」

　と皮肉たっぷりの顔で忠兵衛を見てから、鼻先で笑うように、

「だから、あっしは言ったんだ。こんな厄介な者を放っちまうと偉いことになるって……。角野の旦那、あなたが余計なことをしなけりゃ、何の罪もねえ荒物屋夫婦は死ななくて済んだのではありませぬか？」

「………」

「もちろん旦那が殺した訳じゃねえから、責めはしやせんがね。少なくとも、あの日にきちんとお縄にしときゃ、何の罪もねえ夫婦は死なずにすんだ」

「本当に殺されたのか？」

「それは定町廻りで、すでに検死済みだ」

　酒井が口を挟んで後押しすると、平七がそのまま続けて、見たままを話した。

　雨宿りに荒物屋に入った萬吉は、親切な夫婦に手拭いを借りたり、紛失した売上

金を借りたりしたが、手文庫にある大金を見て俄に悪い気が起こり、二人を殺して奪い取ったのである。

その話を聞いた忠兵衛には、釈然としないことがあった。

「何が釈然としないのだ」

酒井が訊き返すと、忠兵衛は平七を見やって、

「いずれの事件も、平七……おまえが初めに見つけてるってことがだよ」

「…………」

「しかも、後になって、とっ捕まえてる。ずっと張り込んでたのなら、萬吉が殺すのを止める機会もあったんじゃないのか？」

「あっしは外で張り込んでやしたからね。ええ、丁度、反対側の店の軒下で」

「殺したってえが、どうやって殺したのだ？」

「刃物でグサリ」

「夫婦ふたりともか？」

「そうです」

「萬吉は刃物を持ち歩いていたのか？」

「のようですね」

「だったら……その凶器とやらを見せて貰おうか」

その問いに対しては、酒井が答えた。近くに置いてあった桐箱の中に、白い布に包んだ匕首《あいくち》が入っていて、それにはべっとりと血が付着していた。傷口とも合致するし、何より萬吉が自白したという。

萬吉は、この大番屋の牢に入れられていた。

「私も直《じか》に訊きたいのですが、よろしいですか、酒井様」

と忠兵衛が言うと、酒井はならぬと答えた。

「おまえをここに呼んだのは、萬吉を取り調べさせるためではない。おまえ自身を糾弾《きゅうだん》するためだ」

「……………」

「この前、おまえの言いなりになったのが間違いのもとだったゆえな、同じ轍《てつ》を踏むわけにはいかぬ。だから、こうして船木様にもお出まし願ったのだ」

「ならば、尚更、お訊きしたいことがあります、船木様」

忠兵衛がじっと見上げると、船木はようやく目が覚めたように顔を向けた。

「私も、萬吉を放っておいたわけではありません。五郎蔵の目が届かないところには、岡っ引の文吾《ぶんご》を張りつかせておりました」

「ほう……で？」

「萬吉が老夫婦を殺したのなら、真っ先に私のところに駆けつけて来るはずです」

「うむ」

「ですが、その文吾も行方知れず……これには何か訳があるはずです」

と忠兵衛が必死に訴えると、酒井は苦々しく吐き捨てた。

「文吾は所詮、下っ引から上がったばかりの取るに足らぬ十手持ち。角野、おまえが勝手に御用札を出しているだけの輩ではないか。あの土砂降《どしゃぶ》りだ。どうせ、張り込むのも面倒になって、どこかに逃げ出したんじゃねえか？」

「そのような奴ではありません」

忠兵衛も半ばムキになったとき、酒井が十手で床を叩いて、

「まあ、よかろう……おい」

と番太に命じて、萬吉を牢から連れて来させた。

同時に表戸を開けて、定町廻り同心が佐多吉を連れて入って来た。

「ご苦労だな……まあ、そこへ座れ」

酒井は佐多吉に声をかけて、土間の片隅にある腰掛けに座らせた。そして、番太が連れて来た萬吉を目の前に据えさせた。

佐多吉であることを酒井が説明すると、船木がおもむろに問いかけた。

「萬吉……おまえが、桶屋殺しの下手人だというのは、この男か？」

「……………」

「どうなのだ？」

ぶるぶると震えてきた萬吉を、佐多吉は険しい目で睨みつけていた。下手人扱いされて、腹が立っているのであろう。

船木はもう一度、おっとりした口調で尋ねた。

「おまえが見たのは、この男なのか？」

黙ったまま答えないでいると、酒井が口を挟んだ。

「ではなかろう……おまえは、自分が下手人にされそうになったので、どこか街角で見かけた奴のことを覚えていて、そいつに押しつけようと、適当に言ったのではないか？」

「……………」

「どうなのだ！」

酒井が怒鳴りつけると、萬吉はぴょんと腰を浮かせて、

「も、申し訳ありませんッ」

と土下座をした。

「いきなり、その平七親分に捕まったので、怖くて……へえ、たまたま昼間、見かけたこのお人の顔を覚えていたので……とっさに、そう言ったンです……」

「ほれ、みろ」

と酒井は唾棄《だき》するように忠兵衛を見た。

「でも、殺したのは俺じゃありやせん。荒物屋のご夫婦も、俺じゃねえ……たしかに、大枚《たいまい》を見て目は眩《くら》みました……でも、そんな金を俺が持っていたら余計に怪しまれるじゃありやせんか」

「いけしゃあしゃあと」

「だから、俺は三百文だけを借りて、雨がやんだら帰ろうとしてたんです。甘酒買って、あまりに美味いから飲み過ぎたもんで、厠《かわや》を借りました……で、店に戻って来たら、荒物屋のご夫婦は血まみれで倒れていて……」

萬吉はますます震えが来て、止まらなくなった。

「どうしてよいか分からなくて、おたおたしていたところへ、平七親分が駆けつけて来たんです。本当です。信じて下さい」

「平七、言ってやれ」

と酒井に促されて、平七は船木を見上げて、

「先程も申しましたとおり、荒物屋から通りを挟んだ店で張り込んでいましたところ、店の奥へ入って行く萬吉の姿を見ました。ですが、なかなか帰って来ません。妙だな……と思って、近づいて見ると、夫婦は倒れていて、その近くで、萬吉が刃物を持って佇《たたず》んでいました。凶器はその匕首です」

「う、嘘だ……俺が戻って来たときには、もう……！」

酒井は声を荒らげる萬吉の肩をぐいと十手の先で押さえて、

「どう言い訳をしようが、この平七が見てるんだ。それも嘘だと言うのか、ええ？おまえは、そこな佐多吉が、桶屋の爺さんを殺して、壺の金を奪ったと証言した。だが、それは出鱈目だったと、てめえで今、認めたばかりじゃねえか。そんな嘘つきの何を信じろってんだ？」

「ほ、本当なんです。俺は何も……爺さんのときも、何か物音がしたので、俺が覗き込んだときにはもう……」

「そんな嘘はもはや通じねえんだよッ」

と酒井が萬吉を乱暴に押しやったとき、萬吉の帯に挟まれていた根付《ねつけ》がポロリと落ちた。それには、粗末な布で作られたお守りが結んであった。酒井はそれを乱暴

に蹴飛ばして、

「なあ、正直に言えよ」

と詰め寄ったが、萬吉はそのお守りを必死の形相で摑んだ。その手の甲を踏みつけて、酒井は怒鳴った。

「人殺しのくせに、お守りどころじゃねえだろう！　人様の命を奪っといて、てめえは神様に守られてえのか！」

もう一度、踏みつけようとするのを、忠兵衛は止めた。

「そこまですることはないでしょう……船木様。今の話では、ふたつの殺しには似たところがありますね」

「ん？」

「萬吉が殺して、それを見つけたのは平七親分ひとり、だということ。それから、殺したところは見ておらず、いずれもその場に佇んでいた萬吉が捕らえられたということ……です」

「うむ」

「これでは、確たるものがありません。しかも、盗んだはずの金を萬吉は持っていないわけだし、返り血も浴びていない……この一件は、〝くらがり〟に落としてでも、きちんと調べ直す必要があります」

「バカを言うな。ここまで証拠が揃っていて……」

と酒井が言いかけたとき、佐多吉が声をかけた。

「すみません……その萬吉とやらの、お守り袋を見せてやっちゃくれやせんか？」

「なんだ？」

忠兵衛も不思議に思って手渡してやると、佐多吉は自分のお守り袋も出して、並べて見ている。同じようなボロ布を繋ぎ合わせて作ったものである。

「……」

それを見ていた佐多吉の目から、俄に涙が溢れてきた。胸の奥から込み上げてくる慟哭《どうこく》に耐えられないように、ううっと喉から悲痛な声が洩れた。

忠兵衛がじっと見つめていると、佐多吉はふたつのお守りを並べて見せた。

「ご覧下さい……この梅の柄……半分に割れてて……合わせればひとつになるんです……これは、おっ母さんが俺を置き去りにしたとき……必ず翌春には迎えに来ると誓って渡したものなんです……」

佐多吉は萬吉を振り返り、

「──萬吉……おまえは、あの時、おっ母さんと一緒にいった……萬吉なのか……

なあ、おまえなのか……」

と縋り付くように見つめた。

「おめえ、赤ん坊の頃に、火傷《やけど》をしてるはずだ……背中に、火傷のあとはあるかい？」

「え、ああ……覚えちゃいねえが、ある……母親が思い出したように謝っていたことがあるよ……私のせいだと」

だが、萬吉は目をしばたたくだけで、それ以上は話さなかった。自分に兄がいるなどということは、母親の口からはまったく聞かされたことがない。それどころか、自分は棄てられたのだ。怨《うら》みすら抱いていた。

ただ、このお守りだけは、小さな頃から持たされていたので、手放すに手放せなかっただけのことである。

佐多吉はしみじみと萬吉を見つめた。

「すまねえな……もっと早くおまえを探しだしてりゃ……こんなつまらねえことをしでかさなかったかもしれねえ……俺も……」

とワルから立ち直った話をしてから、ずっと弟を探していたことを伝えた。

萬吉にはピンと来なかったが、

——街角で一瞬、見かけただけの顔。

なのに明瞭に憶えていた。だからこそ、とっさに佐多吉のことを、酒井に伝えたのだ。まさか自分の兄だとは知らず……だが、それもまた、血が繋がっている故に、目に止まったのかもしれぬ。

「それが本当なら……奇遇なことだな。なあ、萬吉……」

と忠兵衛は慰めるように言ったものの、船木は一旦《いったん》、萬吉を小伝馬町の牢屋敷に送ることを決定した。

佐多吉の目に何か、得体の知れぬ怒りが湧き起こって来た。自分もかつて、やってもいないことで、同心や岡っ引に散々、酷い目に遭ったからである。

その怒りの鉾先《ほこさき》を何処に向けてよいのか分からぬ顔で、佐多吉が拳を握りしめているのを、忠兵衛はじっと見守っていた。

六

「旦那……忠兵衛の旦那……」

ふいに揺り起こされて、忠兵衛はハッと周りを見回した。

一瞬、姿を見失った錯覚に陥ったが、背後に五郎蔵が立っているのを見て、ほっと安心した。

萬吉が小伝馬町送りになった後、忠兵衛はすぐさま、佐多吉の店を張り込んでいたのであった。

——何かする。

と睨んだのである。どのような事かは分からないが、大番屋で見たときの異様な目つきを忠兵衛は忘れることができなかったのだ。

ここは、佐多吉の店の前にある茶店の二階である。見張っているつもりが、うたた寝をしてしまった。

「まったく情けねえったらありゃしねえな……もっとも、店には、詩織さんに行って貰ってるから、妙なことは出来ないと思うが」

と忠兵衛は安心していたが、五郎蔵も萬吉を引き受けた手前、色々と探索をしていたのである。

「で、何か分かったのかい？」

「へえ。忠兵衛の旦那の睨んだとおり、殺された荒物屋夫婦と桶屋の爺さんには、ちょいとした繋がりがありやした」

「やはりな……萬吉のことはさておき、このような近場で続けて殺しがあるとなると、妙な塩梅ってなあ、俺でなくともピンとくるだろう。で？」

五郎蔵は膝を正すと、声をひそめて、

「久三という桶屋と荒物屋夫婦……千助《せんすけ》とおさき……ですが、三人は深川八幡裏にある賭場《とば》の常連らしいです。まあ、それくれえなら別に構やしねえんですが……あっしの古い仲間に訊いたところによりやすと、近頃、江戸で続いていた蔵破りの一味が、その賭場を根城《ねぐら》にしてるという噂が……」

「まさか、荒物屋夫婦と桶屋も盗人一味だってのか？」

「他にも何人かいるようなんですが、まあ旦那も承知のとおり、盗人なんざ、ふつうは平凡な町人の顔をして、すぐ身近な所に住んでいるもんでさ」

「おまえのようにか」

「冗談は止して下せえよ。あっしはもうすっかり足を……」

「済まぬ済まぬ。つまらぬことを言った」

忠兵衛は素直に謝って、話の続きを聞いた。

盗人一味がグサリと殺されたとなると、金の分配を巡って仲間割れしたというのが大概の理由だ。

よくあるといえば、よくある話だが、問題は萬吉も関わっているかどうかだ。いずれの死にも少なからず関わっているのだから、徹底して調べ直さねばならぬが、当人は牢屋の中だ。急がないと、死罪が下されてからでは遅い。裁きが出れば、即日、処刑されるのが慣例だからである。

——できれば、お白洲が始まる前に決着をつけたい。

というのが忠兵衛の狙いだった。

「で、色々と調べた結果、五郎蔵……おまえの考えはどうなのだ？」

「言ってよろしいですか」

「やはり、酒井様も絡んでいたか？　足繁く深川に通っていたようだが、ただの女郎漁《あさ》りでもあるまい」

「へえ。たしかに酒井様は、盗人一味の隠れ家を探していたようではあります。しかし、まさか自分の身近に、盗人の仲間がいたとは思いもよらなかったようで」

「盗人の仲間？」

忠兵衛はアッとなって、五郎蔵を見やった。

「平七……だというのか？」

「その節がありやす。というのも、奴はこの辺りをシマにしており、わざわざ酒井様を間違った方に誘導しているようなのです。例えば……」

「例えば？」

「逃げて来た者を追い詰めても、必ずこの辺りで見失っている。その手引きを平七がしていたのは間違いないんです」

「うむ……」

「そんなとき、酒井様は荒物屋夫婦と桶屋が怪しいと目をつけたんです。しつこく、その者たちの身の回りを調べていたのは事実です。もちろん、その手先は平七ですから、適当にかわしていたのでしょうが、酒井様の方も何か感じたンじゃないんでしょうかね。平七とは別に、同心に徹底して調べさせようとした矢先です……この二人、いや三人が殺されたのは」

一気に喋る五郎蔵を止めて、忠兵衛は確かめるように言った。

「つまり、こういうことか。平七こそが盗賊一味のひとりで、町方の手が及びそうになったがために、桶屋と荒物屋を殺し、その罪を萬吉にきせた、と」

「そういう図式を、平七が描いたンです」

「まんまと騙《だま》された酒井様は、躍起になって萬吉を縛り上げ、できれば盗人の隠れ家を吐かせて、一網打尽《いちもうだじん》にしようって腹なんだな？」

「へえ……」

「こりゃ、ますます面倒なことになったな。酒井様は思い込みが激しいからな……何が何でも、萬吉に吐かせようとするかもしれねえな」

「それを傍で見ている平七ってやろうは、絶対に許せねえですね」

「ああ。ならば……」

忠兵衛は目を細めて唇を嚙《か》んで、

「散々、罪もねえ奴をいたぶったのだ。こいつには痛い目に遭って貰わねばなるまいな……その前に」

と眼下の佐多吉の店『筏屋』に目を移した。

「奴が妙なことをしねえように、見張っておかねえと……」

そう忠兵衛が呟《つぶや》いたとき、佐多吉がひとりで暖簾を割って出てきた。追って来る詩織の姿も見えたが、佐多吉の表情は険しく、振り払って店から離れて行った。

詩織は茶屋の二階に目を向けて手を振った。

見ていた忠兵衛はそれとなく目顔で頷いたが、佐多吉が何をしようとしているかは、おおよそ見当がついていた。

ワルばかりを集めて、更生させるために店まで作った人間である。生半可なことでできることではない。しかし、裏を返せば、ワルどもを守るためならば、何でもするという気概があるのだ。

その気概がよい方向に向けばよいが、一歩間違えば、自分も咎人になってしまうのである。それも承知の上で、またぞろ悪の道に陥ってゆく人間を、忠兵衛は何度も見ている。その危うさが佐多吉にはあったのである。


その日のうちに、萬吉のお白洲が執り行われることになった。

あまりにも急なことに忠兵衛は驚いて、すぐさま南町奉行所の役宅まで押しかけ、裁きは今しばらく待ってくれるよう、大岡忠相《ただすけ》にかけあった。

だが、大岡はあっさりと断った。

「なぜでございます。私はまだ探索中なのです。今しばらく、真相が明らかになるまで、どうか、どうか」

と忠兵衛は重ねて頼んだが、大岡は淡々と言った。

「何故、そこまで関わる。酒井の調べでは、萬吉がふたつの殺しに関わっていることは動かしがたい事実であろう」

「では、申しましょう……」

忠兵衛は五郎蔵と話したことを伝えたが、その証がどこにあるのだ、自分はただ下から上がって来た殺しの案件につき、証拠だけをもとに裁きをする、と言うだけであった。

「そんな言い草があるのですか」

「いい気になるなよ、角野。おまえはいつから定町廻りになったのだ？」

「……」

「永尋書留役《かきとめやく》に回ってきたものだけを、粛々《しゆくしゆく》と処理すればよいのだ」

「は、はい……申し訳ありませんでした」

忠兵衛は素直に頷くしかなかった。

七

それから二、三日の間、店の者には仕事で上総《かずさ》の方へ出かけると伝えたまま、佐多吉は姿を消していた。

ぶらりと姿を現したのは、どんよりと曇った月もない夜だった。

小伝馬町牢屋敷の表門には、灯りひとつなく、門番もいなかった。ひっそりと暗闇の中に、異様に高い黒塀が続くだけであった。堀割に囲まれたその一角は、ふつうの人が近づきがたい不気味さがあり、夜中になると、突然、悲鳴があがることがあった。

拷問を受けているとも、悪夢を見て叫んでいるとも言われている。中では斬首などの処刑も行われるわけだから、いずれにせよ近在の者に心地よい存在ではなかった。

正門前に立った佐多吉は、ピイッと指笛を鳴らすと、何処に潜んでいたのか、路地から数人の黒装束が現れた。まるで忍びのような素早い動きの一団で、あっという間に門前に集まった。

お互い言葉は交わさず頷き合うと、すでに何度も打ち合わせをしていたのであろう、無駄な動きもなく、横手に回った。

あえて堀のある側から、縄をかけ、そこから侵入するつもりのようだ。だが、ようやくかかった縄が、シュッと音を立てて切られた。飛来した短い槍《やり》の穂先が切り裂いたのだ。

「誰だッ」

愕然として振り返った佐多吉が目にしたのは、新八郎であった。

「……何だ、てめえ」

「角野忠兵衛さんと詩織さんに頼まれてな、ずっとおまえを尾《つ》けてた」

「！……」

「おまえもただのワルではなくて、それなりに凄かったんだな。さすがは百人も二百人も乾分がいただけのことはある。昔馴染《むかしなじ》みとはいえ、鶴の一声で、これだけの腕利《き》きを集めるとは大したもんだ」

新八郎がすべてを承知したように言うと、佐多吉はすっ惚《とぼ》けて、

「何の話だ」

「おいおい。この期《ご》に及んで言い訳なんざするなよ、男らしくない」

「……」

「先に言っておくが、俺はおまえの味方だ。弟の萬吉が、殺しをしたとも思ってない。だがな、罪を背負わせたくない一心で、ここから連れ出そうって魂胆《こんたん》だろうが、そんなことをすりゃ、それだけで獄門台だ」

「……」

「気持ちは分かるが、そんなことをしても、弟のためにはならねえぜ」

「うるせえな」

「おいおい。堅気の商人になったんじゃないのか。そんなならず者みたいな口を利くんじゃない。店の若い者にだって、示しがつかないだろう」

「黙れ。おまえに俺の何が分かる」

と佐多吉は毅然《きぜん》と新八郎を睨みつけた。

「一度、咎人との疑いがかかったら、どんなことがあっても、その疑いが拭われることはないんだ。それは、この俺が一番よく知ってる」

「だから、助け出して、何処か遠くへでも兄弟仲良く行こうってか？」

「そうだ、悪いか」

「追っ手がかかって、すぐに捕まるだろうよ。そしたら、兄弟仲良く晒《さら》し首だ。そんなことになってもいいのか？　それだけではない。残された店の者だって、またひねくれた道を歩くことになるかもしれぬぞ……信じ切っていたおまえが、こんな手段を使うのなら、最後の最後は結局、居直って、法を破って、強引にやりゃいいのかってな」

「………」

新八郎は他の者たちにも向かって言った。

「おまえたちが、何処で何をしている奴かは問わぬ。だから、このまま立ち去れ。

こんなところを見つかっただけで、累《るい》が及ぶぞ。義理人情に篤《あつ》いのはよく分かったから、ここは俺に任せてくれぬか」

黒装束たちは問答無用とばかりに匕首を抜き払って、新八郎に斬りかかってきた。適当にかわしていたが、あまりにもしつこいので抜刀し、新八郎は二、三人の腕や肩を軽く切っ先で払った。

「これ以上、言っても無駄なら、俺ももう引き下がらぬぞ。牢獄破りは立派な罪だ。もちろん、入ることもな」

新八郎の声の調子が変わって、青眼《せいがん》の構えになると、佐多吉が割って入った。

「分かったよ……詩織さんから、あんたの名は聞いたことがある。あんたも元は救いようのない悪童だったそうだな」

「そんなことを……」

「だが、この場を収めるってことは、別の考えがあるってことだな? 俺は弟の命が助かりさえすりゃそれでいいんだ。そのために、俺は……」

長年かけて真面目に暮らしてきたのだという思いで、佐多吉は唇を嚙んだ。

「悪いようにはせぬよ」

南町奉行所のお白洲に、萬吉とともに佐多吉が座ったのは、その翌日のことだった。

大岡忠相が上の間にでて来ると、蹲《つくばい》同心や書物同心が控え、臨席した酒井と忠兵衛もお白洲の傍らで待機していた。

萬吉の罪について、大岡は粛々と取り調べを続け、酒井が提出した証拠と、吟味方与力の意見書などを充分に鑑《かんが》みて、

「萬吉。三人もの人間を殺したのは、断じて、許し難い。極刑に処すゆえ、さよう心得よ。本日中に処刑を断行する」

と断じたとき、萬吉はがっくりと両肩を落としただけだったが、佐多吉は我慢らないというように顔をくしゃくしゃにして、思わず腰を浮かせた。

「そりゃ、ねえだろう、お奉行様！　こんな茶番があってなるものかッ。こいつは何もやっちゃいねえ。何もやっちゃいねえのに、処刑とはあんまりでえ！」

「控えろ！　お白洲であるぞ！」

と蹲同心が佐多吉の体を押さえつけて座らせた。

大岡はじっと佐多吉を見やって、

「なぜ、そう断言できる」

「なぜって……」

「萬吉がやっていないと、なぜ断言できるのかと尋ねておるのだ」

「それは、そこの角野様がお調べになって下さったはずだ。萬吉はたまさか通りかかっただけで、本当は岡っ引の平七がやったことだと」

「そうなのか？」

と大岡は忠兵衛に訊いた。

だが、忠兵衛は何も返事をしなかった。

佐多吉はまるで裏切り者でも見るような目で忠兵衛を睨みつけ、猛然と突っかかっていきそうになった。それを蹲同心や捕方《とりかた》が押さえつけたが、あまりにも強い力に押さえつけられないほどだった。

「そうではなかろう、佐多吉……」

大岡はもう一度、しっかりと佐多吉を見据えて、

「おまえは二つ顔があったな」

「！……」

「『筏屋』を営んで、どうしようもない連中を更生させようという気持ちがあったのは事実だ。おまえのお陰で、悪い道に踏み込まずに済んだ若い者も結構いる。若

い奴らだけではない。食うに困って、行き場のない奴にも仕事を与えていたらしいな」

「………」

「だが、そういうことを真面目にやっていくだけで、みなが幸せになれるほど、世の中は甘くない……おまえはそう感じていたのであろう？　だから、その裏で、昔の仲間を集めて、盗賊一味を作り、評判のよくない大店《おおだな》に押し入っていたのではないか？」

何もかも見抜いたように言う大岡を、佐多吉はそれでも目を見開いて凝視していた。その強い光に、大岡も圧倒されそうだった。世間を憎み、人を憎んでいる顔だ。

「桶屋を殺したのも、荒物屋を殺したのも、平七であることに嘘偽りはなかろう。だが、それを命じたのは佐多吉……おまえだ。裏切り者を始末するためにな」

エッとそっくり返りそうになったのは、酒井である。

それを尻目に大岡は淡々と続けた。

「だから、萬吉のせいでないことは百も承知だ。だが、それをバラせば、おまえの仲間までがお縄になる。だから、萬吉を牢抜けさせて、処刑だけはさせまい……そう考えたようだが、それを許してくれるほど、世の中は甘くないぞ」

萬吉は啞然《あぜん》として佐多吉を見ていた。何と声をかけてよいか分からないふうだった。

「近頃、江戸を騒がしていたのは、おまえだろう？　『筏屋』はあちこちに物を運ぶ仕事だから、町中を調べ回るには好都合のものだった。なあ、佐多吉……おまえは、弟と会ったときに胸の張れる仕事をしていたい……そう思って『筏屋』を作ったはずなのに、うまくいかないものだな」

と大岡は情けを見せながらも、険しい声でそう言った。

「お奉行様……どんな悪党でも、何か理由があるんだ。たとえ、残虐なことをする輩でもな……だけど、本気で自分を大切にしてくれる、本気で思ってくれる人がいなきゃ、立ち直ることはできねえ……不幸なことに、俺にも、この弟にも、そういう人がいなかった……それが世間なんだよ……」

「ならば、おまえは誰かを本気で大切にしてやったことがあるのか？」

「え……？」

「『筏屋』を作った心がけはよいが、それとて、結局は悪事に利用した……おまえが本気で、人様のことをてめえのこと以上に大切にしたことがあるか？　自分がしていないのに、人に求めるのはどうかな」

大岡はあえて厳しい声で言うと、萬吉への裁きを破棄し、佐多吉に改めて篤《とく》と言い渡した。

「筏屋佐多吉。打ち首の上、獄門！」

「………」

「ただし、盗賊一味の者どもが誰かすべて吐けば、弟と共に江戸払いにしてやるが、どうだ。喋るか？」

佐多吉は頑《かたく》なに喋らなかった。

「そうか……ならば、角野。一味の者どもについては、永尋に回すゆえ、篤と調べるがよい。よいな」

大岡の裁きに、忠兵衛は頷くしかなかった。

萬吉を振り返った佐多吉は、何とも言えぬバツの悪そうな情けない顔で、こくりと頭を下げた。萬吉も頭を下げて、

「す、すまねえ……俺があんたの顔のことなんか……出鱈目で言わなきゃ、こんなことにはならなかった……」

「いや。いいんだ。おまえに会わなきゃ、俺はずっと……ああ、ずっと、お奉行の言うとおり二つの顔のまま生きていたかもしれねえ。そして、もっと酷いことをし

たかもしれねえ……だから、これでいいんだよ」

それでも最後の最後に、たったひとりの弟のために何かできることはないかと、一生懸命に助けようとしたことだけは覚えていて欲しいと訴えた。

どこからともなく、パチパチと音がして、落葉焚きの匂いがしてきた。町方中《ちゅう》間《げん》らが、裏庭で枯葉を燃やしているようだ。

「懐かしいなあ……この匂い、おめえ、赤ん坊のくせに、落葉焚きのとき、目をパチパチしながらも火に近づいてよ……それで火傷したんだ……おっ母さんのせいじゃねえ……俺が悪かったんだ……俺がちゃんと面倒見てなかったから……」

まるで目の前で、煙が焚かれているように佐多吉は目を細めた。

「あ、兄貴……」

「兄貴って言ってくれるのかい……こんなくそやろうによ……」

いつまでも見つめ合う兄と弟の姿を、忠兵衛は煙たそうな目で眺めていた。

――どうせなら、〝くらがり〟に落ちていればよかった。

同心として、抱いてはならぬ思いに暮れる忠兵衛であった。

第二話　ぼやき地蔵

一

　大工棟梁《とうりよう》の磯吉《いそきち》が磔《はりつけ》になったと、角野忠兵衛が聞いたのは、立会川《たちあいがわ》にボラ釣りに来た帰り道でのことだった。

「まさか、そんなばかな……」

という思いが忠兵衛の脳裏をよぎった。

　南町奉行所の同心である忠兵衛は、例繰方《れいくりかた》の永尋書留役《ながたずねかきとめやく》である。〝迷宮入り〟となった事件を継続して探索する役職だが、この磯吉の事件は結審していたものの、

——本当の下手人《げしゅにん》ではないかもしれない。

と思っていた矢先の出来事だった。突然の処刑に、忠兵衛は戸惑い、釣ったばか

りのボラが入っている魚籠《びく》を落としてしまうほどであった。

立会川に釣りに来ていたのも、別に遊び心だけではない。何か探索の手がかりになるものはないかと、出向いてきていたのだ。

この秋、立会川には異様なほど沢山のボラが遡上《そじょう》してきて、川漁師のみならず、周辺の住人も驚いたほどである。勢いは、小雪がちらつく頃になっても収まらず、周辺の住人も何か嫌な感じがしていた。

その予感が当たったかのように、小伝馬町《こでんまちょう》牢屋敷から運ばれてきた咎人《とがにん》が次々と処刑され、立会川が血で溢《あふ》れたと言われたほどである。むろん、それは言葉の綾《あや》であって、本当に赤く染まったわけではない。

だが、処刑の数が増えたのは事実だ。理由は、評定所《ひょうじょうしょ》を担当する町奉行や勘定奉行、寺社奉行、そして大目付、目付らが一新されたためだった。

小伝馬町牢屋敷は、〝既決囚〟と〝未決囚〟が混在している。死罪と結審した場合は、即日、決行されるのが原則だったが、数が多いと順番になるから、牢屋敷は部屋が足りなくなる。ゆえに、一気に処刑するために、本来なら牢屋敷内で行うべき斬首なども、小塚原《こづかっぱら》や鈴ケ森《すずがもり》の刑場で執り行われたのである。

磯吉が犯した罪は、雇い主である普請請負問屋《ふしんうけおいどんや》『丹後屋《たんごや》』主人の清右衛門《せいえもん》の娘おまんの心《しん》の臓《ぞう》を、大工道具の鑿《のみ》で突いて殺したことである。お白洲《しらす》を行ったのは北《きた》町《まち》奉行所で、数度の取り調べの上、評定所で死罪だと評議し、町奉行が判決を言い渡した。

捕縛された当初から、磯吉は、

「自分はしていない。俺じゃない。ちゃんと調べてくれ」

と言い張っていた。が、殺したところを直《じか》に見た者が何人かおり、普請のやり方の違いから、仕事を辞めさせられた磯吉が、清右衛門に怨みを抱いていた状況もあった。

様々ないきさつを勘案して、磯吉の他に下手人がいるとは考えられなかった。

だが、忠兵衛はなんとなく、

――どうして清右衛門本人ではなく、娘を殺したのか。

が気になっていた。

北町の調べでは、最も大切にしている娘を殺すことで、清右衛門に苦痛を与えるのが狙いだったとのことである。

そうやって、怨みを晴らしたい気持ちは分からぬでもない。しかし、〝くらがり〟に落ちた事件を何年も扱っている忠兵衛には、

――どうも腑《ふ》に落ちぬ。

事件だった。

立会川は鈴ヶ森の刑場に送られる罪人を、親兄弟や親類などが最後に見届ける所だ。ゆえに、そう呼ばれたという説もある。

びちびちと跳ねる無数のボラを見て、忠兵衛はもうひとつの説を思い出した。

水利をめぐって、住人らが争い合ったからそう名付けられたとの話である。

ボラが懸命に泳いでいる様子は、神代《かみよ》の昔から、オボコ、イナ、ボラ、トド《ど》と名前を変える出世魚として縁起がよいと崇《あが》められたものなのに、今の忠兵衛には、土壇場《たんば》で足掻《あが》いている咎人の姿にしか見えなかった。

すぐさま鈴ヶ森の刑場に駆けつけた忠兵衛が見たものは、すでに磔にあって、十数回も槍で突き抜かれた磯吉の無惨な姿だった。当時は見懲《みこ》らし刑であるから、嫌でも旅人などの目に入るよう工夫がされていたので、残酷であることこの上ない。

磔は主殺《あるじ》しや親殺しなど、封建制度をないがしろにした者に対する刑罰である。磯吉の場合は、普請をする側とそれを請け負った身との関わりで、主従と見なされたのであろう。最後の最後まで、

「自分はやっていない。殺しなんぞしていない！」

と叫び続けたというが、もし冤罪《えんざい》だとしたら、どんなに無念だったかと思うと、忠兵衛の胸は嵐のように揺れた。むろん、忠兵衛が捕縛したわけでも裁いたわけでもないが、十手を預かる同心として、心が痛まぬはずがなかった。

翌日、奉行所に出仕した忠兵衛は、すぐさま定町廻り筆頭同心の酒井一楽に、磯吉の処刑が早まった事情などを尋ねた。

だが、奉行所の中は、その話題には触れてはならない雰囲気が漂っていた。月番の北町奉行所が裁決した事件だからである。下手《へた》につつくと、南北奉行がぎくしゃくし、町政に関しても色々と面倒が起こるであろう。とはいえ、ひとりの人間が死んだのである。忠兵衛としては、永尋書留役として納得しておきたかった。

「おまえが納得しようがしまいが、そう決まったことだ。しかも処刑は終わった。もはや、おまえの仕事ではあるまい」

巨漢の酒井は、いつものように貧乏揺すりをしながら、苛《いら》ついた目を向けた。

「しかし、酒井様。あなたもこの事件はすっきりしないと、おっしゃっていたではありませぬか。だから、〝くらがり〟に落ちる前に何か新たな証《あかし》を立ててやろうと」

「まあ、それは……」

「珍しく酒井様がまっとうなことをおっしゃるので、私もびっくりはしましたが、どうして考えが変わったのです」

「変わったわけではない。あの時、磯吉という大工は悪さをするような男ではない、ましてや殺しなんぞするわけがないと、町名主らが、お奉行に嘆願してきていたからだ」

南町奉行は大岡越前守《えちぜんのかみ》忠相である。人情裁きをすると評判の名奉行ゆえ、北町の裁決を見直して欲しいと考えたのであろう。

「でも、その前に早々と処刑されてしまった……」

忠兵衛は悔しそうに十手を握って、

「何のために奉行所があるのです。咎人を捕らえて処刑するだけが、お上《かみ》の勤めではありませぬ。真実を暴《あば》く、それが一番大切ではありませぬか」

「真実を暴くだと？」

「はい。磯吉に関しては、おまんという娘を殺したことについて、実は何も分かってはいない。何故殺したのか、本当に殺したのかどうかも」

「熱でもあるのか、角野」

「は？」

「冗談もほどほどにしておけ。怨みで殺し、殺しにはてめえの鑿を使い、殺したところを何人もの者が見ておる。それだけ揃っていて、そもそも探索やお白洲のし直しなんぞ、元々不要だったのだ」

「だったら、なぜお奉行は……」

「当たり前だろう。人気取りだ。あれだけ嘆願されたのだから、再吟味《さいぎんみ》しようとした姿勢だけは見せねば、お奉行の顔が立つまい」

「……」

「何をきょとんとしておる。ガキじゃあるまいし、本気で再吟味をしようとしたとでも思うておるのか」

「しかし、磯吉は真面目な大工で……」

「どんなに真面目な奴でも、カッとなったら何をするか分からぬものだ。おまえ、何年、同心稼業をやっているのだ」

「では、酒井様も初めから調べ直す気などなかった……」

「むろんだ。そんな暇があれば、次々と起こっておる新たな事件の探索に身を捧げよ。定町廻りは、南北合わせて三十人にも満たない同心で事件を処しておるのだ。

ああ、忙しい忙しい。おまえも役目とはいえ、〝くらがり〟に落ちた事件ばかり執拗に追いかけず、今の事件を探索せい」

滔々《とうとう》と語った酒井は、処刑の終わった磯吉のことなど、もはや忘れたかのように、カラカラと笑いながら、町方中間《ちゆうげん》らを引き連れて、同心詰所から出て行った。

「――何がおかしいのだ、まったく」

忠兵衛は久しぶりに怒りに震えた。心の何処《どこ》かで、ずっと間違いであってくれと願っていただけに、苛々が募《つの》った。

磯吉と特段の関わりがあったわけではない。しかし、人の噂とは案外、真実をついているものが多い。しかも、よい噂は大抵本当のことだ。それゆえ、忠兵衛は、磯吉という大工のことが気がかりで調べていたのだ。

そして、幾つかの疑問が浮かんできた矢先の処刑だった。

「万が一、本当の下手人が別にいたら、どうするおつもりか」

大岡に問い質《ただ》してみたいところだったが、

「どうせ、自分の都合でしか呼びつけないお奉行だ。聞いてはくれまい」

と諦めた。

その前に、確たる証を摑む。そう心に誓った忠兵衛が永尋書留役の詰所に戻ると、底冷えのする隙間風が吹き込んできた。

——このままでは、本当に〝くらがり〟に落ちてしまう。

掌《てのひら》に息を吹きかけながら、八畳余りの部屋で書類の山に埋まるように、忠兵衛はもう一度、丹念に磯吉の殺しについて調べはじめた。

二

日本橋《にほんばし》の大通りから少し入った、海賊橋《かいぞくばし》の近くに『懐風荘《かいふうそう》』という料亭があった。我が国最古の漢詩集をもじって命名されたのであろうか、屏風《びょうぶ》や襖《ふすま》には、客が落書きした達筆な杜甫《とほ》や李白《りはく》の律詩や絶句が並んでいた。

近くには鎧《よろい》の渡しがあって、大きな堀割には幾艘《いくそう》もの舟が行き交う櫓《ろ》の音が響いており、料亭の二階からは人足たちが働く様子が手に取るように見えた。

座敷には煮物、焼き物、炊き込み飯など、素朴な食膳が並んでいて、十数人の年頃の男女が半ば緊張の面持《おもも》ちで座っていた。いずれも女はめかし込み、男も普段着慣れない上物《じょうもの》の羽織を身につけていた。挨拶を交わす言葉も洩れ聞こえるが、和《なご》やかな雰囲気とは程遠かった。

「なんですか、もう。通夜じゃないんですからね、さあ、食べたり、飲んだりイ」

囃《はや》すように廊下から入ってきたのは、真っ赤な前掛けに襷《たすき》がけの詩織だった。

いつものにっこりと笑った顔で、居並ぶ男女に詩織は声をかけた。

「といっても、皆さん、それぞれ初対面ですからね。緊張するのは当たり前かな。ですが、今日の催《もよお》しは、お互いに人柄や考えを分かりあうためですから、恥ずかしがらずに、じゃんじゃん言葉を交わし合いましょうね」

祝言《しゅうげん》を挙げてもいい年頃になっても、相手が見つからない。あるいは、仲人《なこうど》が持ってくる話は気に入らない。そういう年頃の善男善女が一堂に会して、お見合いをするのが、この寄合の眼目《がんもく》である。

詩織は〝結婚〟を希望する若い人たちのために、『志会《しあ》わせ屋《や》』という仲人みたいな商いをしているのである。〝幸せ〟と〝会わせる〟をかけている。今で言えば、結婚相談所であろうか。もちろん、中年や老年の見合いも行うが、必ず結婚したいという志のある人に限り、世話をしていた。

「人のことより、あんたが誰かに嫁《とつ》ぎなさいな」

と、手伝いのおばさんたちに、いつも詩織はからかわれるが、煮え切らない忠兵衛相手では如何《いかん》ともし難《がた》い。もっとも、すぐに一緒になりたいとも思っていなかった。今は忠兵衛一人よりも、色々な人の面倒を見る方が楽しいのである。

出された料理や酒をひととおり味わってから、詩織は一同に声をかけた。

「さあ、そろそろ、自慢話といきましょうか」

自慢話大会である。

ふつうなら、仲人がお互いのよいところや人に負けない特技などを披露《ひろう》するのだが、それではあまりにも通り一遍になり、本当の人柄は分からない。さりとて、当人に〝自己紹介〟をさせれば、遠慮して控え目になったりする。

だから、思い切って自分の自慢したいことを話す。そうすると、意外と自慢話ではなく、失敗談だったりして、宴席の笑い種《ぐさ》になるのである。詩織はそのことをよく心得ていたから、堂々と自慢話をさせた。

自分の得意なことの話は尽きないものである。他の人が興味を抱いてくれて、質問されれば、喜んで適切に答える。こうした交流の中から、お互いの長所や欠点を知り、冷静に結婚相手を判断したり、思わぬところから恋に落ちることもある。それで一緒になってくれれば、詩織の喜びとなるのだ。

宴もたけなわになってくると、逆立ちだとか、口から飲んだ水を鼻から吐くだとか、おならで謡曲《ようきょく》を鳴らすだとかで、座を盛り上げようとする男も出てきて、本

来の和気藹々《わきあいあい》とした雰囲気になった。そんなとき、

「ごめん」

と恐縮したように入ってきたのは忠兵衛であった。

「あら、忠兵衛さん」

すぐさま立ち上がった詩織は、

「このお方は南町奉行所同心の角野忠兵衛さん。私がいつもお世話になっている人です。見たとおり情けない見てくれで、ちょっとそそっかしいけれど、困った人を見ると助けたくなるという、そりゃ思いやりのあるいいお方です」

と流れるように誰にともなく紹介した。

「なんだ、よせよ」

忠兵衛の方はしきりに照れたが、詩織は屈託なく寄り添って、

「みなさんも早くいいお相手を見つけて、幸せになって下さいね」

そう言った途端、男たちの半分くらいは白けた顔になって小指を立て、

「なんだい、詩織さん。あんた、やっぱり角野の旦那のコレだったのかい」

「男がいるとは思っていたが」

「いや、残念だなあ。もうこの集まりに来る気がしなくなったよ」

などとガックリ肩を落として座を離れ、帰ろうとした。

「待って下さいな。どうして、そんな……」

若旦那のひとりが言った。

「私の本当の狙いはねえ、詩織さん。あなたなんですよ。だから、こうして会費を払って出向いてたんです。分かるでしょ？　私はもう十回もこの寄合に来ているんです。それは、あなたの気を引くため。他の方も似たような考えじゃないですかねえ」

数人の男衆が怨めしそうに忠兵衛を見ながら頷いた。

「おいおい。俺のせいか？」

困惑気味に忠兵衛が振り向くと、その若旦那は居並ぶ女たちを眺めて、

「見りゃ分かるでしょうが、こんな所に来る女にろくなのはいない。見栄えは綺麗かもしれないが、どうせ身代《しんだい》狙いのぐうたら女だ。舅《しゅうと》や姑《しゅうとめ》と仲違《なかたが》いするのがオチでしょうよ」

そう言うと、女たちも振られた刀で斬り返すように、

「なんですって！　聞き捨てならないねえ、旦那！　何様のつもりだい！」

「そうだ、そうだ。あんたらだって、本当は体が目当てだろう」

「遊んで捨てようったって、そうは問屋が卸《おろ》さないよ」

「今の聞き捨てならない科白《せりふ》、きちんと謝って貰いましょうか、さあさあ」

今度は女たちが自尊心にかけて、物凄い勢いで迫ってくる。

男たちも豹変《ひょうへん》した女たちを目《ま》の当たりにして、オカメとかデブとか悪態をついたものだから、杯《さかずき》や銚子《ちょうし》が飛んできた。

「まあまあ、そうはしゃがないで」

詩織は懸命にお互いをなだめようとしたが、女の方がしだいに激しくなる。

「はしゃいでるんじゃない。怒っているんですよ！」

「分かってます、分かってます。でも、ほら、この襖をご覧なさいな。『蝸牛角上《かぎゅうかくじょう》何事を言う。石火光中《せっかこうちゅう》に此《こ》の身を寄す。富に随《したが》い貧に随い、且《か》つ歓楽すべし。口を開いて笑わずんば是れ痴《こ》人』と書いてありますでしょ。要するに、人生は一瞬の火花のようなもの。つまらぬことで争わず、笑って過ごさなきゃ損だよって」

そんな詩織の話など、もはや誰も聞いていない。いつの世も覚悟した女は強い。逆に男たちの方がたじたじとなって、触らぬ神に祟《たた》りなしとばかりに逃げ出した。

詩織は慌てて追いかけたが、残された忠兵衛を女たちが不満げにじいっと見つめていた。

「すまぬな。図らずも、余計な水を注したようだったな。ま、あんな男たちなら、嫁になんぞ行かぬ方がよい。であろう？」

女たちは何も答えず、帰り支度をして、さっさと立ち去った。入れ違いに戻ってきた詩織はもはや何を言っても無駄だと思ったのであろう。

「お疲れ様でしたね。また今度、いい宴《うたげ》を催しますから、これからも『志会わせ屋』、どうぞよろしくね」

健気《けなげ》に明るく見送る詩織に、忠兵衛は両手を合わせて謝った。

「こんなはずじゃなかったのだがな」

「まったく。忠兵衛さんの間《ま》の悪さは天下一品ですね」

「そう言うなよ。これもお勤めだ」

「私たちの寄合に何か不都合でもありますの？」

少し不機嫌になった詩織をなだめるように、忠兵衛は座敷の片隅に座って、残っている銚子から酒を拝借して、

「さすが、一流の料亭だ。うめえ酒だな」

「忠兵衛さん……」

「あ、すまぬ、すまぬ。おりつという娘、知っているだろう」

「おりつ？」

「先般、『丹後屋』という普請請負問屋の主人を殺した咎で捕縛された大工の棟梁の娘だ」

「ああ……そのおりつちゃんなら、事件があってから、顔を出してないけれど。お見合いどころじゃないものね」

「親父が昨日、鈴ヶ森で処刑された」

「ええ⁉」

「当人は無実を訴え、町名主などから多くの嘆願があったにも拘《かか》わらずだ」

詩織は何と言ってよいか分からないようだった。

「おりつはこの会に、何度か来たと言っていたが、特に親しくしていた者はおらぬか」

「私の知っている限りでは……」

いないと首を振った。そもそも、おりつが『志会わせ屋』に来るようになったのは、父親の磯吉の勧めだった。母親を早くに亡くしていたから、大工の弟子たちの世話や家のことばかりに精を出し、年頃になっても恋とは無縁の暮らしをしていた。だから、娘の気晴らしになればよいと、磯吉が人を介して詩織に頼んできたのである。

深いつきあいがあるわけではないから、おりつが本当に嫁に行く気があったのか、誰か気に入った人がいたかどうかは、よく分からない。

「でも、あの器量よしですからね。持って生まれた気質も穏やかで真面目だから、正式におつきあいをしたいと申し込んで来た人はいました」

「一応、訊かせて貰おうかな、それが誰か」

「いいですよ。けど、おりつちゃんは結局、誰ともつきあいませんでした。やはり、まだ嫁に行くことはできない。お父っつぁんの側を離れられないって」

「お父っつぁんの側を離れられない」

「ええ。もしかしたら、意外とすぐ近くに、たとえば大工の弟子とかに、おりつちゃんのお気に入りがいたのかもね」

「お気に入り、ねえ……」

そのような相手がいるとしたら、それが誰か、忠兵衛は気になった。

「とにかく、おりつと、この会で知り合った男たちのこと、ちょいとばかり訊かせて貰おうか」

詩織はその中に、本当の下手人がいるのではないかと忠兵衛が考えていると察した。

自分の会の中に、そのような不埒《ふらち》な輩《やから》がいるとは思えない。詩織とて、誰彼構《だれかれ》わず、集めているわけではないからだ。しかし、疑っているのなら、そうではないという証を立てるために、

「よろしいですよ。存分に調べて下さいな」

と、詩織はいつもの笑顔で快諾した。

三

磯吉の住まいは薬研堀《やげんぼり》沿いにある仕舞屋《しもたや》風の家だったが、表戸は閉じられ、物音もせず、ひっそりとしていた。忌中《きちゅう》の紙は張り出されていたものの、焼香に来る者はいなかった。

死罪になった者は親族に引き取られることはなく、また葬《ほうむ》ることも許されなかった。千住《せんじゅ》の回向院《えこういん》に〝捨てられる〟のである。これこそ見懲らし刑の残忍な一面で、人は死んで皆同じ仏になるなどとは考えられず、罪人は地獄を巡らされるのだった。

まさに死人に笞《むち》を打つ仕打ちに、おりつはひとり涙に暮れていた。

いや、自分たちだけでも弔《とむら》いをしようではないかと、大工の弟子たち十人ばかりが集まっていた。そのうち三人は、磯吉と寝食を共にしていたのだが、他の者たちはすでに独立しており、処刑されたと聞いて駆けつけたのであった。

大工の中でも大所帯だった磯吉は、おそらく百人を下らぬ弟子を育て、世に送り出している。だが、年月が経てば疎遠になるのも人の世である。ましてや、磔にされるような咎人になった者を、師匠とはいえ、わざわざ悼《いた》みに来る律儀者も少なかった。

それでも、おりつは嬉しかった。

父親が心を許していた松太郎《まつたろう》が訪ねてきてくれたからである。

「ご無沙汰《ぶさた》ばかりで、申し訳ありません」

律儀な態度は、昔と変わらなかった。もっとも、磯吉のもとを離れたのは、まだ三年程前。昔というほどではなかったが、おりつにとっては、ずいぶんと長い年月が経ったような感じがした。

「親方のことを信じてます。あんな酷いことをしたなんて、絶対に思えません。きっと何かの間違いです。間違いのまま、お上《かみ》に殺された。あっしはそう思ってます」

日焼けした逞《たくま》しい顔を見て安堵《あんど》したせいか、おりつの目から急に涙が溢れた。号泣しそうなところを必死に耐えた。

「松太郎さん、息災で何よりです」

「おりつさん……」

「お父っつぁんも、あなたのことは大したもんだと誉《ほ》めてばかりでした。色々な公儀の普請に携《たずさ》わって、立派な橋や櫓《やぐら》を建ててるんですってね」

「まだまだ、ひよっこです。そんなことより、此度《こたび》は何と言ってよいか。おりつさんの気持ちを考えると夜も眠れませんでした」

おりつは意外な顔になって、ほんの一瞬、頬が火照《ほて》ったが、丁寧に礼を言って、焼香を受けた。本当は、このようなことすら禁じられている。だが、あえて咎める役人もいない。むしろ、今度の一件では同情的な人も多かった。

「これから、どうなさいます」

焼香を終えた松太郎は、おりつの後ろ盾になって支えていくつもりではあったが、兄弟子たちも並んでいるから、余計な話はしなかった。すると兄弟子の兄貴分の源八《げんぱち》が、

「こんな時になんだが、松……」

「へえ」

「おまえが、おりつさんの面倒見ねえで誰が見る。親方も本当は、おまえと一緒にさせたかったんだぜ」

「嘘でしょう」

「冗談でこんなことを言えるもんか」

もじもじと俯《うつむ》いてしまったおりつを、源八はちらりと見やって、

「松、おまえはお嬢さんと歳も近いし、グズだったから一番、長い間、親方の世話になった。恩返しをするのは、今だと思うがな」

「恩返し……」

「ああ、そうだ。それは、おまえ自身が一番、分かっていることだろう」

源八に言われるまでもなく、松太郎は承知している。いつか恩返しすることは、胸の奥に誓っている。まだ十三、四歳の松太郎を拾って、一人前の大工にまで育ててくれたのは、磯吉に他ならないからだ。

身勝手な親に捨てられ、引き取り手もなかった松太郎は、人一倍体が大きかったから、手当たり次第に喧嘩をしたり、脅して金品を奪ったりしていた。役人に捕ま

らなかったのが不思議なくらいで、あのままでは、それこそ人殺しをするくらいのワルになっていたかもしれない。

だが、やくざ者にいいように使われていたのを、たまたま見かけた磯吉が救いの手を差し伸べた。小柄な磯吉だったが、弟子を何人も抱えた大工の棟梁で、町火消しの肝煎《きもい》りや町名主、町方同心や岡っ引などとも広くつきあいがあったから、やくざ者は手を引いた。

しかし、肝心の松太郎自身の性根《しようね》がひん曲がっていて、どこをどうやっても、まっすぐに戻りそうもなかった。木でいえば、うまく乾燥せずに、腐ってしまったも同然だった。

それでも磯吉は根気よく、松太郎のよいところを丹念に探し、優しく接した。決して器用ではない子供だったが、

「ひとつひとつ覚えていけば、いつかはモノになる。千里の道も一歩からだ」

という思いで、磯吉は松太郎に自分に出来る限りの技を教えていった。人が一日でできるところを、十日かかって叩き込んだ。

「大工仕事は、技より心という。だがな、その心というのは、技を磨くことによって成長し、強くなっていくものなんだ。だから、技を磨くより心を磨けっていうの

は、技が一人前に出来てからの話だ」

　磯吉はそうやって励ましながら、大工仕事のイロハを教えたが、松太郎の方は心が弱く、すぐにくじけた。だが、必死になって、磯吉は松太郎の歪《ゆが》んだ性根を直そうとしたのである。

「恩返し……兄貴の言うとおり、俺は返しても返し尽くせないほどの恩がある」

　俄《にわか》に親方に対する愛慕の念が湧き起こったのか、言葉にならない声で、松太郎はもう一度、手を合わせた。おりつも感涙して、唇を噛んでいた。

　そこへ、忠兵衛が入ってきた。

「取り込み中のところ、申し訳ないな」

　優しく声をかけたが、磯吉の弟子たちは異様なほど険しい目を忠兵衛に向けた。無実の親方を強引に捕縛し、死罪に仕立てて、処刑したお上の手先だからだ。

「俺も焼香をさせて貰うよ」

　忠兵衛が上がろうとすると、誰かが野太い声で怒鳴った。

「帰りやがれ。てめえらが来る所じゃねえんだ」

「そうだ、そうだ。それとも、葬儀をしているって俺たちを咎めに来やがったか」

「お上が親方を殺したんだ！」

黙って聞いていた忠兵衛だが、反論はしなかった。

もっとも、磯吉が無実だという確信があるわけでもない。北町奉行が裁断したことに疑念は抱いているが、処刑された今となっては、無実かどうかを証《しょう》すことは難しい。

「すまぬな。できるとすれば、本当の下手人を捕らえるしかないからだ。

たしかに、お上が殺したかもしれぬ。だからこそ、それを肝《きも》に銘じて、探索をやり直したいんだ」

忠兵衛がそう言うと、おりつはほんの少しだけ期待のまなざしになったものの、

「お帰り下さいまし」

ときっぱりと言った。

「調べ直しをしたいのだ。手を貸してくれないかな」

「探索をやり直したところで、お父っつぁんが帰ってくるわけではないでしょ。自分で殺しておいて、調べ直すって、そんな勝手な言い草がありますか」

着流しに黒羽織を着て、十手を差していれば、北も南もなく同じ奉行所の同心。父親を処刑した側の人間であることは確かだ。だからこそ、真相を究明したいのだが、そのような忠兵衛の思いなど、肉親を失った女にしてみれば、取るに足らぬものであろう。

「申し訳ない……と言いたいところだが、正直言って、まだ磯吉が本当にやらなかったかどうか分からない」

と忠兵衛が言うと、大工たちは気色《けしき》ばんで立ち上がった。

「なんだ、てめえ。からかいに来やがったのか！」

「そうではない。聞いてくれ」

「うるせえ！　とっとと帰りやがれ、この三ピン侍！」

大工たちがさらに声を荒らげると、松太郎が割って入った。差し出がましいがと兄貴分たちをなだめながら、忠兵衛に向き直り、

「旦那。お調べ直しってことは、他に下手人の目星がついてるってことですかい？」

「いや。ただな、俺は端《はな》から、今度のことには引っかかっていたことがあるんだ。今更と言われてもしかたがないが、北町がしたこととはいえ、南町としてもケジメをつけておきたいのでな」

「お言葉ですが、もし本当の下手人が見つかったとしても、もはやお上は手を出せないのではないですか。同じ事件についちゃ、二度のお裁きはできねえと聞いたことがありやす」

当時から、一事不再理の原則があって、一度、お白洲で結審し、処刑までしたものを蒸し返すことはなかった。お上が裁きの間違いを認めることはない。つまりは殺され損である。本当の下手人が、お上の手によって、処罰されることはない。

「てことはですね、旦那。万が一、そんな奴がいれば、そいつが親方を殺したも同然だ。殺されたおまんさんは、普請請負問屋の『丹後屋』さんの娘だから、知らない仲じゃない。ふたり分をまとめて、あっしが仇討《あだう》ちしますよ」

落ち着いた声で言ったから、余計に迫力があった。そんな松太郎を睨《にら》み返して、

「おいおい。物騒なことを言うんじゃないよ。勝手に仇討ちをすりゃ、おまえさんだって只《ただ》じゃすまないどころか、首が飛ぶ」

「覚悟の上です」

「そんなことをされちゃ、お上の出番がないではないか」

「そのお上が間違えたんだ。てめえでやるしか、ないじゃありませんか」

昔の悪ガキだったころの地金がチラリと見えたせいか、おりつが庇《かば》うように、

「分かりました、町方の旦那。私の知ってることは、お話ししましょう。でも、本当に別に下手人がいたら……」

と言ってから、次の言葉を飲んだ。

「下手人がいたら？」

「お奉行様に謝って貰えますよね。お奉行様、直々に」

「お奉行にか……」

忠兵衛に答えられることではないが、この言質《げんち》を取れれば、おりつも探索に手を貸すつもりであろうと踏んだ。

「相分かった。おまえの言うとおり、お奉行が謝るのが筋だ」

おりつの目が燦《きら》めいて深々と頭を下げるのを、松太郎はじっと見つめていた。

四

翌日、詩織にも同席してもらって、忠兵衛はおりつに話を訊いた。人目を避けるため、本所深川《ほんじょふかがわ》は地蔵堀近くの五郎蔵の店で、他の客を入れずに行った。

五郎蔵が出した料理は、ボラ尽くしだった。先日、忠兵衛が立会川から釣ってきたものを塩漬けにしたり、一夜干しにしたり、焼いたものを南蛮漬《なんばんづ》けにしたり、塩をした切り身を鍋にしたりして出していた。カラスミにするため、卵巣を塩漬けにしてあるのもある。

伊勢《いせ》の方では豊漁祈願で奉納する縁起のよい魚であるが、普段は泥くさくて食えたものではない。だが、冬のこの時節になると脂が乗って、なかなかの美味であった。

もっとも、おりつはボラの旨さを味わう気持ちにはなれなかったようだ。磯吉と『丹後屋』の関わりを話しているうちに、沈鬱《ちんうつ》な表情になっていった。

「はい……たしかに、お父っつぁんは『丹後屋』のご主人、清右衛門さんとは、ウマが合うとは言えませんでした」

「不仲だった」

忠兵衛が確かめるように訊き返すと、おりつは首を横に振って、

「喧嘩したりとか、そんなことはしたことがありません。あの夜の他は」

「あの夜……」

「北の吟味方与力の旦那にもお話ししましたが、『丹後屋』さんとお父っつぁんは激しく口論をしました。けど、罵《のの》りあうとか、そんな感じではなくて、きちんと自分の考えを言い合っていたんです。たしかに、ふたりとも大声ではありましたが」

「何についてだい？」

「もちろん御公儀の普請についてです。矢切《やぎり》の渡しに橋を作ろうという話が出ていました。でも、川幅が広く、川底の地盤も強くないとのことで、橋は無理ではないかとお父っつぁんは言っていたのです」

「うむ。それを『丹後屋』は強引にやろうとしていた」

「はい。御公儀の普請ですからね。どうにか入札で得た仕事を、『丹後屋』さんはなんとしてでもやらないといけないのです。その仕事をお父っつぁんは初めは受けたのですが、調べていったら、難しい普請だと分かったのです」

「なるほど、だから断った」

「断っただけなら、他の棟梁に頼めば済むことなのですが、お父っつぁんは頑固ですから、普請は無理だということを、町奉行所にきちんと報《しら》せると言い出したのです。そしたら……」

「そしたら？」

「難しい普請でも、創意工夫して作るのが大工の仕事だろうと『丹後屋』さんは、何度も繰り返していました……お父っつぁんが普請を嫌がるのには、もうひとつ訳があって、橋ができれば渡し船が不要になる。そしたら、船頭や荷船人足の暮らしが立ちゆかなくなるだろうって」

「渡し船の心配までしてたのか？」

「でも、『丹後屋』さんは、そんなことは大工が案ずることではないと吐き捨てるように言ってました。私は……『丹後屋』さんの言うことももっともだと思いました。けれど、川が氾濫《はんらん》すれば流れてしまうかもしれない橋を、作ることはできないと、お父っつぁんはキッパリ断ったのです」

忠兵衛はだからといって、娘を殺すというのは、あまりにも短絡的だと思った。

たしかに、『丹後屋』としては、安値で入札できたのは、磯吉が色々と便宜を図ってくれると算盤《そろばん》を弾いていたからだ。にもかかわらず、頼りの磯吉に断られたとあっては、考えている値で普請はできない。ましてや、磯吉に、橋を架けること自体が無理だと公言されては、それこそ自分の立つ瀬がない。

「その日は喧嘩別れをして、翌日、改めて材木問屋や石材問屋なども含めて、寄合を持ちました。その席で、お父っつぁんは町奉行所の与力をはじめ、普請奉行や作事奉行の役人たちにも説得され始めました」

「納得したのかい？」

「いいえ。一度言い出したら、梃子《てこ》でも動かない人ですから、心の中ではもう、絶対自分はやらない、と決めていたようです」

「そこまで覚悟を決めた男が、腹いせに、『丹後屋』の娘を殺したりするかな」

「そこが私には不思議だったのです。それに……」

「それに？」

「『丹後屋』の娘さんが殺されたと言われる刻限には、お父っつぁん、ぼやき地蔵に会いに行ってたんですよ」

「ぼやき地蔵に会いに？」

どういうことだと訊き返した忠兵衛に、おりつは知らないのかと不思議そうな目で、

「ええ。薬研堀にあるお地蔵さんで、色々な人たちのぼやきを聞いてくれるという、ありがたいお地蔵さんなんですよ」

「そういえば……」

聞いたことがあると詩織は思い出した。

薬研堀でも日本橋寄りの方で、ある商家の裏手にひっそりとある小さな地蔵だ。

一見、どこにでもある地蔵で、赤い前垂れをしている。だが、その頭には雨避《よ》けの笠が載せられ、寒さに耐えるための合羽《かっぱ》を着せられて、さながら渡世人のような姿だった。誰が供えるのか、毎日のように花が添えられ、地蔵の前は綺麗に掃き清

められていた。

近在の者や出商いに通りかかった人たちの、しゃがみ込んで手を合わせている姿がよく見かけられた。ぼやき地蔵というのは、

――誰のぼやきでもじっと聞いてくれる。

という言い伝えがあったからだ。

亭主への不満、女房への文句、奉公先の主人の悪口や近所の住人への小言、さらには公儀に対する憤懣《ふんまん》やるかたないことなどを、ぶつぶつと地蔵に向かって話すのである。

もちろん人様に聞こえないような声で言うのだが、地蔵だけはじっと聞いてくれる。そうすると、

「よく分かった。それでも、おまえが幸せなのは、そういう人が周りにいてくれるからだよ。自分にも非がないか、ちょっと考えてみな」

そんな声が聞こえてくるらしい。らしいというのは本当かどうかは極めて怪しいからである。ただ、ぼやきをぶつけることで、言った当人の気分はサッパリするから、有り難がっていたのではあるまいか。

「地蔵は釈迦《しゃか》の弟子で、この世の中にいて、人々の暮らしが安穏《あんのん》であるように見守

っているんだ。決して人の家には踏み込んで来ずに、ひっそりと陰から俺たちのことを案じてくれているんだ」

忠兵衛がさりげなく言うと、まさしくそういう役目をお父っつぁんも引き受けていたと、おりつは言った。色々な人たちの不平不満をこの地蔵のように聞いてやる。特段、何か凄いことを助言するわけではない。ただただ、聞いてやるのである。

それだけでも人の心というものは穏やかになる。その代わり、磯吉は自分が、ぼやき地蔵に悩みを聞いて貰っていたのかもしれぬ。

「お父っつぁんが、ぼやき地蔵の所にいたことを証してくれる人はいないのかい？」

「ご存知のように、夜になると、あの裏路地を通る者はめったにいません」

「うむ。しかし、誰か会った者がいれば、おまんが不忍池《しのばずのいけ》で殺された刻限に、磯吉が薬研堀にいたという大きな証拠になるのだがな」

「見ていたとしたら……そのお地蔵さんだけでしょう」

おりつの言葉に、忠兵衛は何か心に引っかかることがあった。

「ぼやき地蔵だけが、か……」

煮詰まったボラの鍋を眺めながら、忠兵衛が突然立ち上がった。

「どうしたの忠兵衛さん」

詩織が声をかけると、忠兵衛は向き直って、

「磯吉が訪ねていたのなら、地蔵が見ていたのは確かなことだ。その地蔵に訊いてみようかと思ってな」

「え？」

「地蔵だから忘れたってこともないだろうよ」

なぜか浮き浮きと店を飛び出した忠兵衛を、取り残された詩織とおりつは不思議そうに見送っていた。

「もしかしたら、もしかしやすぜ」

厨房《ちゆうぼう》から顔を出した五郎蔵が、ふたりに声をかけた。

「忠兵衛の旦那は、本気で地蔵から話を訊くつもりですよ」

曰《いわ》くありげに笑った五郎蔵に、詩織はああなるほどと微笑《ほほえ》み返したが、おりつは訝《いぶか》しげに首を傾《かし》げるだけだった。

五

「夜分、すまないね」

潜り戸を開けて顔を出した『丹後屋』の主人に、忠兵衛は小さく頷いた。

頭には白いものが混じっている丹後屋清右衛門は面倒臭そうな顔になって、

「またですか……もう娘のことは忘れたいのです」

「おまえさんの気持ちは痛いほど分かるが、訊きたいことがあるのだ」

「話すことなどもう……」

「長年、一緒に普請をしてきた磯吉のことじゃないか。下手人でもない男を磔にしたとなりゃ、おまえだって寝覚めが悪いだろう」

「そ、そんな言い草がありますか。私は娘を……！」

「ああ、そうだな。すまなかった。だが、磯吉を殺されたおりつの気持ちも分かってやれるだろう？」

「……磯吉を処刑したのは、お上じゃないですか。人殺しだと判断したからこそ、磔にしたんじゃないのですか」

「そこがおかしな塩梅《あんばい》になったから、俺が調べ直している」

「知りませんよ。私としては、最も信頼していた者に、一番可愛い娘を殺されたんですからね。一体、何を信じてよいやら」

「最も信頼していた？　磯吉をかい」

「ええ……」

「だったら、もう少し信じてみないか。はっきり言うが、俺は磯吉が殺したんじゃないと思っている。ぼやき地蔵も知ってるはずだ」

「はあ？」

「ま、その話はいいが、清右衛門。俺にはどうしても腑に落ちないことがあるのだ」

「腑に落ちないこと……」

忠兵衛につられるように、丹後屋も暗い表情になって、店の中に招き入れた。すでに行灯《あんどん》の明かりを消し、火鉢の炭も消していたから、ひんやりとしていた。娘が死んだことによる、丹後屋の寂しさも漂っていた。

「おりつから聞いたが、磯吉とおまえはかなり言い合っていたようだな。意見が食い違うことはよくあったのかい？」

「めったにありませんよ。今度のことくらいです」

「頭を冷やして考えてみて、磯吉とおまえはどっちが正しいことを言ってたと思う」

「そりゃ……」

「自分が正しいと思うかい」

丹後屋は少しもじもじしていたが、余計な思いは振り払うように、

「此度のことに関しては、私の目に狂いはないと思います」

「どうしてだい」

「御公儀が打ち出した普請ですよ。普請奉行と作事奉行が一緒になって、事前に橋を作れる場所かどうか、きちんと調べていたはずです。大工ひとりの意見で、簡単に変えてよいのですか」

「俺には普請のことは分からないが、逆にただの大工がそこまで言うんだから、お上も今一度、調べ直してもいいのではないのか。すでに、おまえの店が落札したからといって、ごり押しして普請することはあるまい」

「ごり押しだなんて、別に私は……」

「おまえを責めているのではない。それに、普請のことは、この際関わりない」

忠兵衛の言っている意味が分かりかねて、丹後屋は窺うような目になった。

「つまり、磯吉はおまえと考えが違ったからといって、腹いせに娘を殺したりするような人間じゃねえってことだ」

「……」

「頑固一徹な男が、そんなことをしたと本当に思っているのか？」

「私は……私が疑ったわけじゃない……捕縛したお上が決めたことじゃないですか」

「そこが腑に落ちないと言ってるんだよ」

「――角野様……？」

ゆっくり頷いてから、忠兵衛は十手をすうっと差し出すと、

「こんなものをチラつかされて、同心に『磯吉と何か揉《も》め事はなかったか。娘の殺しはそのことと関わりがあるかもしれねえ』なんぞと問いかけられたら、おまえの立場としたら、普請のことで言い争ったことを話すだろう」

「そりゃ……」

「北町の同心はそれが狙いだったんじゃないのかな」

「それっていうのは？」

「磯吉が下手人であった方がありがたい……そう思う輩が、北町の奉行所の中にいるってことだよ。まあ、これはここだけの話にしといてくれ。俺も確信があって言ってるわけじゃない」

「……」

「おまえも承知のとおり、矢切の渡しの普請については、南のお奉行、大岡様はどちらかというと反対だった。だが、北町のお奉行様はかなりご執心で、おまえも色々と便宜をはかったのではないか？」

袖の下を摑ませたとでも言いたげに、忠兵衛は十手の先っぽを向けた。

一瞬、どきりとなったのか、丹後屋は目をそむけて、

「冗談はおやめください……それこそ何を証拠にそのようなことを……」

「ないから、おまえに訊いている」

「！……」

「なに。普請問屋が奉行に賂《まいない》を渡すことは別に咎められることではない。俺が気にしているのは、橋の普請に反対する磯吉に生きていられちゃまずい誰かが、ハメたんじゃないかってことだ」

「まさか……」

「百歩譲って、そうでないとしよう。それでも、北町のお奉行が、これ幸いと磯吉を葬ることで、普請に弾みがつくのではないかと考えたとしたら、どうだ」

「そのような恐ろしいこと……」

「てめえの分が悪くなれば、どんな手を使ってでも這《は》い上がろうとする。そういう輩を大勢、この目で見てきた」

「…………」

「もし、その悪い輩に、おまえまでが利用されたとしたら、殺された娘のおまんは、それこそ浮かばれないじゃないか」

温かい目で見つめていた忠兵衛を、丹後屋は気圧《けお》されながらも、見つめ返した。

「おまんの身辺で、怪しい奴はいなかったかい。磯吉のせいじゃないと思って、もう一度、めぼしい奴がいないか考えてみてくれ」

「そう言われても……」

「思いつかないか」

丹後屋は首を振って、もう何も考えたくないと呟《つぶや》いた。

「だがな、清右衛門。ぼやき地蔵だけは、磯吉が殺していないのを知っているんだ」

「………」

「おまえも随分と、磯吉にぼやきを聞いて貰った口じゃねえのか？　それでも磯吉は誰にも不平不満を言わず、ただ地蔵にだけ、心の裡《うち》を話していた。その地蔵は口が利《き》けねえから、磯吉の無実を明かしようがねえんだよ」

帳場に座っている丹後屋は俯いたまま、大福帳をめくっていたが、ふいに顔を上げて、

「そういや……」

とさらにそれをぱらぱらとめくった。

「この人ですがね」

ある項目のところを、丹後屋は指さしながら、忠兵衛に見せた。

そこには、『伊勢屋《いせや》』と喜平次《きへいじ》という名が書かれてあった。

「喜平次……『伊勢屋』というのは？」

「娘がよく通っていた小間物屋です。まあ、娘の買ったものですが、帳面上は店の入り用として処していたのです。そこの喜平次という手代が、おまんにぞっこんだったらしく、何度も恋文などを届けてきたことがあります」

「恋文を、な」

「でも、おまんは相手にしませんでした。他に好いた者がいたわけじゃありませんが、なんとなく嫌いだったようです」

「ほう。では、その男のことも北町は調べたんだな」

「いえ、それはしなかったとか」

「どうしてだい」

「調べたくとも、当の喜平次は、小伝馬町の牢屋敷に入っていました。殺しなんか、できっこないでしょう」

「……」

「でも、私は本当は……おまんが不忍池近くで殺されたって聞いたとき、喜平次の顔が浮かんだんです。上野広小路《うえのひろこうじ》にその『伊勢屋』があるものでね」

「小伝馬町にはどうして？」

本来は〝既決囚〟を入れる牢獄であり、後の石川島人足寄場《いしかわじまにんそくよせば》のように〝更生施設〟ではない。だが、結審前の〝未決囚〟であっても、咎人扱いだった。もっとも、喜平次は盗んだ金が十両に満たず、凶悪でもなかったので、敲《たた》きの上、入牢の刑であった。

「店の金を盗んで逃げたとかで……実はうちからも、少しばかり貸していたんです。何に使っていたのか知りませんが、とにかく見栄っ張りで金遣いが荒かったとか」

「ふうん。そいつのことを洗ってみる値打ちはありそうだな」

「ですが、牢屋敷に……」

「それはこっちで調べてみるよ。その他に、気づいたことはないかい」

「はて……」

「もし何かあったら、すぐにでも報せてくれ。おまんを殺した本当の下手人。どうでも挙げたいと思わないか」

「……」

「あんたも心の底では、そう願っているはずだ。磯吉が下手人であって欲しくないってな」

忠兵衛の言葉に胸を突かれたのか、丹後屋は俄に涙目になって、何度も娘の名を静かに呼んでいた。

六

南町奉行所に、山根新八郎が駆け込んで来たのは、その翌日のことだった。丁度、忠兵衛が出仕して表門をくぐったところで、

「分かりましたよ、忠兵衛さん」

と大きな声をかけてきたものだから、門番が驚く程であった。

「北町の調べのことか」

「はい」

忠兵衛の目がきらりと輝いた。

「ちょっと待ってくれ。上に挨拶だけして、すぐに戻るから」

上とは例繰方の筆頭同心、袴田美濃助《はかまだみのすけ》のことである。そろそろ引退だといいながら、しぶとく居残っている。

「では、私は……そこの茶屋で」

江戸城の堀の周りには、所々に茶店が出ている。登城する老中や若年寄、大身《たいしん》旗本の行列を見物することが、いわば〝お登りさんの観光名物〟になっていたからで

ある。

同心詰所に入ったところで、袴田に声をかけられた。

「忠兵衛どん、忠兵衛どん」

「これは袴田様。おはようございます。早々にご挨拶、ありがとうございます」

「つまらぬことを言うな。それより、早暁《そうぎょう》、お奉行の使いがきて、大わらわだったのだ。おぬし、またぞろ何かしでかしたか」

「は？」

「内与力《うちよりき》の真部《まなべ》様の話だと、角野、おまえが役職から外れた探索をして、北町に迷惑をかけているとか」

「さようなことは……してます」

「な、なんと！」

反《そ》っくり返って倒れそうになった袴田の腕を、忠兵衛はすぐに摑んだ。

「私は孫も儲《もう》けて、まもなく隠居の身じゃ。どうか、老後の楽しみを潰すような真似だけはやめてくれ。のう、頼む」

「そのようなお歳ではございますまい。落ち着いて聞いて下さい」

忠兵衛は袴田と例繰方の詰所まで一緒に歩いて行き、書類の溜まっている席に座らせた。例繰方とは主に裁きの記録などを扱う部署で、『御仕置裁許帳《おしおきさいきょちょう》』という六法全書のようなものを作成して、判例を充実させることが仕事であった。

「かような役目であるなら、袴田様とて、無実の者を処刑するようなことがあってよいとは思いますまい。それこそ奉行所の汚点となりましょう」

「待て……粗方《あらかた》、真部様から事情は聞いたが、それは北町のことであろう。南町にまで厄介なことを持ち込むな」

「そう、お奉行様がおっしゃったので？」

「あ、いや。そうではない。そうではないがだな……」

曖昧《あいまい》に言葉を濁して逃げ腰になるのは、いつもの袴田のままである。

「万が一、大工の磯吉が本当の下手人でなかったと判明したときは、すでに処刑されているゆえ、改めて吟味をやり直すことはできぬ。そうした判例があるかという問い合わせだったのだ」

「そのような事案なら、奉行所に出てきてからでもよいのに」

「いや、それが急に今日の評定所にて、再度の審議の有無を大岡様が説明しなければならぬこととなり、慌てて問い合わせてきたのじゃ」

「なんだ、そんなことか」

「そんなことかとは他人事のようになんじゃ！　おまえが、つまらぬことを調べ直しておるから、お奉行にまで迷惑がかかったこと、分かっておらぬのか！」

袴田の唾が忠兵衛の顔にかかった。忠兵衛は袖で拭《ぬぐ》いながら、

「――袴田様……あなたがさような人とは、まあ前々から思うてましたが、人の命をなんだと考えているのです」

「なに？」

「大岡様とて、早急に調べようとしたのは、これは間違いかもしれぬという疑心に駆られたからに他なりませぬ。ならば真相を明らかにするのが、我々、裁許に関わる同心の勤めではありませぬか」

生真面目に言う忠兵衛を、袴田は啞然《あぜん》と見ていたが、

「角野……おまえ、何があったのだ」

「は？」

「非番の折には釣りばかりして、出仕しても事件は次々と山積みになるばかり。おまえの仕事は、〝くらがり〟に落ちたものを拾うこと。既に終わった事件を追いかけるのが使命ではあるまい」

「終わってないのです」

「なんだと」

「この一件、終わってないからこそ、闇に落とさぬよう続けているのです。御免」

忠兵衛はそれだけ言って、立ち去ろうとしたところで、振り返った。

「あ、袴田様。処刑が行われた後、再度吟味の末に、無罪を言い渡した例は、さる藩の御定書《おさだめがき》の中に書かれていたと、私には覚えがあります。残された縁者に、多額の金銭で賠償したことも」

「まことか」

「大岡様ならご存知だと思うのですが」

袴田の目が少しばかり輝いた。北町への対処が浮かんだのであろう。

「それと、私からも袴田様に調べて欲しいことがあるのです。小間物屋『伊勢屋』の手代の喜平次という者が、北町の調べで入牢しているのですが、その経緯について、詳細に知りたいのです」

「何をした奴だ」

「店の金をネコババしたらしいのですが、どうも腑に落ちないことがありまして。まあ、袴田様なら、これくらい、ちょちょいのちょいでしょう」

にっこりと頷いて立ち去る忠兵衛を、袴田は呆れ顔で見送っていた。

茶店に出向いた忠兵衛は、そこでいざこざが起こっているのを目の当たりにした。新八郎が団子《だんご》を食い逃げしようとした若者を捕らえて、地面に押しつけていたのだ。

事情を聞いた忠兵衛は、岡っ引の文蔵《ぶんぞう》に命じて自身番に連れて行って、取り調べた上で叱りなり敲《たた》きなりにしようと思った。が、あまりにもアッサリとお縄になるので、不思議に思った。

「何を考えてる、若造」

忠兵衛が訝しがる目になって、七平《しちへい》と名乗ったその若者に近づくと、同心なんぞ怖くねえという顔つきで睨み返してきた。威圧するというよりも、小馬鹿にしたように笑っている。

「ははん、なるほど。腹は読めたぞ、七平とやら」

「なんでえ」

「おまえ、腹が減ってるんだろう」

「だから食い逃げしたんじゃねえか、バカ」

「それだけじゃないな。この寒さだ。そろそろ、雪も降って来る時節だ。凍《こご》えるのは御免だから、少しの間でも、牢にでも入って、三度の飯を貰おうって魂胆《こんたん》じゃないのか」

「え、そんな……ことはねえ」

七平の目が泳ぐのを忠兵衛は見逃さなかった。その若造の腕をいきなり摑んだ忠兵衛は、袖をめくってみたが、入れ墨はない。ちょっとした掏摸《すり》やこそ泥なら、三度までなら許してくれる。それをよいことに、前科者にならずに、入牢を繰り返してきた輩だと忠兵衛は見抜いたのだ。

「北風が厳しくなると、おまえのような奴が増えて困る。お陰で牢屋敷は満杯だ」

「……」

素知らぬ顔をしている七平に、忠兵衛はさらに突っ込んだ。

「あわよくば、一時《いっとき》の飯と寝床を手にしたいがために、ぎりぎりの悪さをしているのだろうが、そんな自助の心がない奴は、新八郎、おまえの道場で少々、懲《こ》らしめてやれ」

「分かりました」

新八郎が腕をさらにねじ上げると、七平は悲鳴を上げて、助けてくれと繰り返した。

「だ、だってよ……俺だけじゃねえぞ……そんな奴……沢山いるじゃねえか……この前、入ってきた奴だって同じようなことを言ってた。なんで俺だけ……」

「この前、入って来たって、おまえ何度も出入りを繰り返しているのか」

「まあね。江戸だけじゃねえ。顔を知られりゃ、その年によっては関八州《かんはっしゅう》の代官所に行ったりしてよ」

「とんでもねえ奴だ。そのために盗みを働いてるなんぞ、本当に困って罪を犯す奴の爪の垢《あか》でも煎《せん》じて飲ませてやりたい……ま、それも、おかしな話か」

忠兵衛は団子代を払って、そのまま追い返そうとした。一時の寝床と飯のために牢屋に入るなんて、とんでもないことだと諭《さと》し、

「働き口がねえなら、いつでも俺の所に訪ねて来い。まじめにやるなら、世話をしないでもねえぞ」

「ほ、本当ですか？」

「ああ。嘘とらっきょは嫌いでな」

「よかった……これで、喜平次の二の舞にならずに済む」

「喜平次？」

七平が口にした名を、忠兵衛はすぐさま繰り返した。

「おまえ、小伝馬町にいたと言ったな」

「へい」

「もしかして、喜平次ってのは、『伊勢屋』の手代か？」

「ご存知なんで？」

「ああ。そいつの二の舞とはどういうことだ。きちんと話してくれるな。そしたら、それこそ、おまえにいい思いをさせてやろうではないか」

忠兵衛は七平の肩を軽く叩いて、茶店の奥に引き込んだ。

七

晴れているのに、ちらちらと白い風花《かざはな》が舞っていた。美しいが、風が冷たいので、人々は頰被《ほおかぶ》りをして往来を過ぎていく。

「どう思う、新八郎。七平が話したこと、本当だと思うか」

所は変わって、新八郎の営む清住町《きよすみちょう》の錬武《れんぶ》道場で、忠兵衛は濃い茶を飲んでいた。

稽古場からは、激しい声と木刀を叩き合う音が間断なく聞こえている。立身流《たつみりゅう》の居合の達人でもある忠兵衛だが、近頃は体をあまり動かさないので、錆《さ》びついている。このようなことでは、手練《てだ》れの悪党と向き合ったときには、殺されるやもしれぬ。

――少しは新八郎の道場で汗を流さねばならぬな。

と思いながらも、ついつい怠《なま》けるのであった。

「喜平次が入牢したのは、二十日前。一応、牢屋敷で確かめたところ、間違いはなさそうだが……おまんが殺された夜の前日だ。つまり、喜平次がおまんを殺せるわけがない。だから、北町の探索からも外れていた」

「ですね」

「ところが、おまえが調べて来た北町同心の怪しげな動きとも合致するな」

「はい。忠兵衛さんの指示で調べていたのですが、この北町同心は、大工磯吉を捕らえた浜崎《はまざき》久兵衛《きゆうべえ》という臨時廻りの者です」

「浜崎さんなら、顔見知りだし、この人が捕らえたことも承知してる」

「まあ、聞いて下さい」

新八郎ははやる忠兵衛を制して、続けた。

「おかしなことがあります。まず、おまんが殺された日の夜に、喜平次は店の金を盗み出し、奉公先から飛び出していたのです」

「え？」

「店の主人も手代たちも、その日付は曖昧だったのですが、北町の捕物帳を私たちは鵜呑《うの》みにしていたわけです」

「どういうことだ。もしや、一日のずれがあるとでも？」

「そのとおりです。おまんが殺された前日に、入牢していたのではなく、実は殺された日の夜だったのです」

「なんだと……つまり、喜平次がやっていることも考えられるってことか」

忠兵衛は腰を浮かせて、今にも新八郎に摑みかかりそうになった。

「落ち着いて下さい、忠兵衛さん。いいですか。これは、もしかして北町の同心が、誰かの命令……つまり北のお奉行の命令で、喜平次を助け、磯吉を下手人にしてしまった疑いもあるのです」

「北町奉行……諏訪美濃守《すわみののかみ》様が」

頭を抱えて、忠兵衛は狼狽《ろうばい》したように部屋の中を歩きまわった。

「まさか。諏訪美濃守様は大岡様と競い合うほどの名奉行。此度の一件は、失策だと思うていたが、もしわざと真相を変えたのだとしたら、許し難い」

「そうと決まったわけではありません。ただ、同心の浜崎が関わったことは事実」

「直に探りを入れてみるしかあるまいな。何故に、そのようなことをしたのか」

珍しく怒りの表情になった忠兵衛は、先刻、七平から聞いた話を思い出して、さらに腹立ちが増していた。七平が言っていた、喜平次の二の舞というのは、

――金で雇われて人を殺す。

ということである。ただ引き受けるわけではない。それでは自分が下手人だとバレたときに処刑される。やりたくもない殺しのために、首を刎《は》ねられるのは御免だ。だから、他の人間に罪を押しつけるのである。

それならば、いっそのこと狙いの人間を直に殺せばよいと思うのだが、殺した者と殺された者の繋がりが露顕しやすい。つまりは、お縄になりやすい。そこで、探索を混乱させることで、殺しをうやむやにしてしまう、という目論見なのであろう。七平の話によると、此度の事件もその類《たぐい》だったかどうかは分からない。忠兵衛の調べでは、喜平次が磯吉の仕業《しわざ》に見せかけて、おまんを殺した節はないのだ。つまり、

――たまさか、磯吉のせいになってしまった。

としか思えないのだ。

「とはいえ……七平が話したように、浜崎がそのようなことに関わっていたとなる

と、放っておくわけにはいかぬしな」

すぐさま、呉服橋《ごふくばし》御門内の北町奉行所に赴《おもむ》いた忠兵衛は、浜崎に面会を求めた。臨時廻りとはいえ、このところ江戸で横行している盗みや騙《かた》りなどの事件で、市中を飛び回っているから、奉行所には不在だった。忠兵衛は永尋の事件のことで訊きたいことがあるからと、同心詰所で待たせて貰った。

日がとっぷりと暮れたが、浜崎は奉行所に戻って来なかった。ひととおりの仕事を終えれば、馴染《なじ》みの赤提灯《あかちょうちん》で一杯やるのが毎日のことだから、そこかもしれぬと教えられ、とぼとぼと訪ねてみた。なんとも悠長なことよと、北町の同心にからかわれたが、釣りが好きな忠兵衛にとっては、待たされることはさほど苦にならない。

北町奉行所から八丁堀《はっちょうぼり》に向かう途中、柳町《やなぎちょう》から弾正橋《だんじょうばし》を渡ったところに、間口二間《けん》の『女波《めなみ》』という居酒屋があった。大きな男波《おなみ》に対して、小さな女波のような店だからであろうか。

暖簾《のれん》は出ているものの、海風がきついせいか、表戸は閉まっていた。少し立てつけが悪いのを、ぐいと押し開けると、店の中から甘辛い匂いの煮物の湯気が漂ってきた。はからずも、ぐうっと腹の虫が鳴いた忠兵衛を振り返ったのは浜崎だった。狸腹《たぬきばら》で髷《まげ》も白くなっている老同心の風格がある浜崎は、杯《さかずき》を傾けながら、

「これは珍しい顔だな……角野殿が、かような店に」

「奉行所でお待ちしてたんですが」

「儂《わし》を、か」

「はい。ちょっとお尋ねしたいことがありまして」

「これもまた珍しい。北町の諏訪様と南町の大岡様は犬猿の仲……とは言わぬが、どちらかというと水と油。実直で曲がったことが嫌いな諏訪様に比べて、大岡様は上様べったりの計算高い御仁《ごじん》と聞いておる」

少し酔っているのか、軽口が過ぎる。肴《さかな》を作っている女将《おかみ》が、

「よしなさいよ、浜さん。お咎めがあっても知りませんよ」

長年の馴染みなのか、年増《としま》の女将はまるで女房のように声をかけた。浜崎はもう十年近く前にお内儀を亡くしているはずだ。忠兵衛とて、千歳《ちとせ》を失ってもう何年もたつが、日に日に恋しくなるものだ。相身互《あいみたが》いではないが、寂しい気持ちはよく分かるつもりだった。

「角野殿、風が寒いから、さっさと戸を閉めてこっちへ来ぬか」

「では、遠慮なく」

忠兵衛は浜崎の隣に座って、燗酒《かんざけ》を注がれてキュウと一杯やったものの、ボラの煮物を差し出されてゲッとなった。

「あら、お嫌いですか。脂が乗ってて、なかなかいけますのよ」

女将がにっこりと笑うと、忠兵衛は苦笑いを返して、

「あ、いや。実に美味《うま》そうですな……ところで、浜崎さん。お尋ねしたいのは、喜平次のことなんです」

「喜平次？」

繰り返しながらも、杯を持つ指先が微妙に揺れたのを、忠兵衛は見逃さなかった。このように唐突に、しかも単刀直入に訊くのが忠兵衛のやり方だった。

「知らぬな」

「『伊勢屋』という小間物屋の手代で、浜崎さんが捕縛して、鳥越《とりごえ》の大番屋にて調べたのも、あなただと聞いてますが」

「なんだ、なんだ。折角の酒がまずくならア。仕事の話なら、明日でいいではないか」

「一向に構いませぬが、私も結構、待っていたものですから」

「勝手に待っていただけであろう」

「そう言われては身も蓋《ふた》もありませんがね。喜平次を捕らえた訳だけでも、聞かせて貰えませんか」

「来る日も来る日も、日がな一日、色々な事件を追いかけているのでな、喜平次のようなこそ泥くらいの奴は忘れてしまうわい」

「でも、まだ二十日程前のことですよ」

「言うたであろう。毎日毎日……」

「それは私とて同じです。では、喜平次は店の金を盗んだ咎で間違いないのですね」

「ああ、間違いない」

「それが、間違いなのです」

「……何が言いたいのだ」

俄に不機嫌な目を向けた浜崎に、忠兵衛は鎌を掛けるように言った。

「おまんという娘を殺したんですよ、喜平次って男は」

「なんだと？」

「それをあなたが見逃して、その代わり、磯吉を下手人に仕立てて処刑した。矢切の渡しの普請が中断しては困る者がおった、というわけでしょう」

「……」

「さしずめ、北のお奉行様ですかな？　『丹後屋』に賂まで貰っているのですから。あ、いや、言葉が過ぎました。これは失言、取り消します。平《ひら》に平に」

忠兵衛は頭を下げて謝った。

「いや。聞き捨てならぬな」

「どうしても」

「ああ、どうしてもだ」

「ならば、明日、北町に改めて釈明に向かいますので、どうぞよろしく……あ、この酒代、奢《おご》りでいいですよね。ではでは」

言うだけ言って、忠兵衛は店から、そそくさと立ち去った。憤怒《ふんぬ》の表情になった浜崎は杯を乱暴に置いて、

「奴め……どこまで知っておるのだ」

浜崎が呟くと、女将の顔が同じように憎々しげに歪《ゆが》んだ。

「だから言ったんですよう。あいつも、とっとと始末しとかなきゃって……」

その途端、奥の小上がりから、人相の悪い浪人がふたり、顔を出した。お互い頷き合うと、おもむろに表に向かった。

八

八丁堀組屋敷は六十坪程の敷地に、一人暮らしでは広すぎるくらいの部屋や庭があったが、忠兵衛は誰にも貸していなかった。以前は、時折、通ってきていた婆やがいたが、もう歳のせいで顔を見せることはない。

侘《わ》びしいヤモメ暮らしである。たまに、詩織が洗い物をしたり、飯を作りに訪ねて来ることはあるが、

――まさに、ウジが湧く。

ような暮らしであることに変わりはなかった。

表玄関の戸を開けたところで、俄に人の気配が起こった。『女波』から尾けていたことは承知している。

「俺を殺したところで、何も解決せぬぞ」

浪人ふたりは息を殺して、近くの闇に潜んでいる。忠兵衛は鯉口《こいぐち》を切って、居合

で仕留めようと思っていた。稽古不足だから、どうなるか分からぬが、不思議と怖くはなかった。相手の腕前は、尾けてくる足運びでおおよそ見当がついたからだ。

「おふたりさん。仕留めるなら一撃でやらねば、辺りは与力や同心の組屋敷だ。押《お》っ取り刀《とがたな》で飛び出て来て、すぐさま斬られるのがオチだぞ。それとも、浜崎さんのためなら命を投げ出す覚悟かい？」

返事はなかった。だが、闇の中で獣が潜むような気配だけはする。

微《かす》かに砂利を踏む足音が聞こえる。組屋敷の周辺は、怪しい者をいち早く知るために、砂利を敷いている所がある。じりじりと間合いを詰めてくるのであろうか。

「月もない夜だ。辻灯籠《つじどうろう》の灯りも消えて、組屋敷の窓明かりだけじゃ、どうも頼りないであろう。来ぬなら、こちらから行くぞ」

忠兵衛の位置からも見えない。だが、そう言って牽制してみた。

次の瞬間、空《くう》を切る音がして、何かが飛来した。

とっさに避《よ》けたつもりだが、よろりと傾いただけだった。

飛んできたのは、短い矢だった。さっきの砂利の音は、弓を引く音を消すためだったのかと、忠兵衛は気づいた。危うく脳天を射られるところだったが、足元がよろけたせいで、矢は背後の壁に突き立った。

その途端、震えがきた。

もう一矢《いっし》、勢いよく飛んで来るのではないかという不安が込み上がった。

「死ねッ」

腹の底から吐き捨てるような声と同時に、浪人の姿が闇の中に浮かんだ。忠兵衛の目には、猛烈な勢いで襲いかかってくる熊か猪《いのしし》に見えた。

「うわッ。なむさん！」

忠兵衛は気合いとともに抜刀したが、空を切った。

同時、呻《うめ》き声を上げて、ふたつの黒い物体がドタリと倒れた。

「何が起こったのだ……!?」

不思議そうに見やる忠兵衛の眼下には、浪人がふたり気を失って倒れている。

その向こうには、陽炎《かげろう》のように、新八郎がゆらりと立っていた。さらに、数人の道場生が刀を抜き払って身構えているのが見える。

「おう、新八郎！　よくぞ、来てくれた。みんなもすまなかったなア」

「まったく、どういうつもりです、忠兵衛さん。下手《へた》をすれば殺されてますよ」

「なに、おまえがその辺りに隠れていることも承知しておったのだ。俺が浜崎にコナをかけたときから、おまえも……だろう？」

「相変わらず惚《とぼ》けたお人だ。よくぞ、これまで命が持ったものです」

「ま、そんな話は酒の席でするとして、こいつらを道場の蔵にでも閉じこめておいてくれ。大切な証人だからな」

忠兵衛は何事もなかったように、愛嬌のある笑顔で、ぶるっと寒そうに身を縮こまらせて部屋に入るのだった。

翌日、小伝馬町牢屋敷の表門では、解き放たれた喜平次が背中を丸め、縮こまって袖の中に腕を入れていた。曇天《どんてん》を見上げて、

「たまんねえな。一杯、やりに行くか」

ぶるっと震え、吐いた溜息は湯気のように白かった。とぼとぼと馴染みの多い下谷《したや》広小路の方へ向かったが、

「やめた。なんだか、嫌な予感がする」

踵《きびす》を返して、角を曲がると、

「喜平次さんだね」

と背中に声がかかった。

ギクリとして振り返ると、偉丈夫《いじょうふ》が立っていた。腕や首の根っこの盛り上がり

が力仕事をしていることを物語っているが、商人のように穏やかな顔だった。

「あっしは、大工棟梁磯吉の弟子にあたる松太郎ってもんです」

「えっ……」

わずかに上擦った声を発したが、後はごくりと生唾《なまつば》を飲み込んだ。

「ちょいと、よろしいですかい」

「大工なんかに用はねえよ」

「こっちが少しばかり、あるのです」

「知るかよ」

鼻であしらうように急ぎ足で表通りに向かいはじめた喜平次を、松太郎は当たり前のように追いかけた。しだいに歩みを早める喜平次だが、足腰は松太郎の方が強かった。

「薬研堀のぼやき地蔵にいたんですよ、うちの親方は」

「……………」

「見た者がいないか、後で探してみると、『そういや、その頃、親方がそこで何やらぼやいていた』ってのを見ていた夜鷹《よたか》がいたんだ。あの辺りには、時々、出るからねえ、その手の女が」

「なんだい。何の話だい」

「親方が磔になったと聞いて、夜鷹は驚いたらしいよ」

「!?――」

「うちの親方って人は、色々な普請に携わってるだけに、貧しいけれど本当に頑張ってる人間の気持ちをよく分かってる。だから、普請の上がりの幾ばくかは、親のいない子のために恵んでた」

「……」

「夜鷹になるような女も、何かの事情で親を失った悲しい暮らしをしてきたのが多い。見捨てておけなかったんだな。だから、そういう女たちにも、食い物や古着なんかを渡していたことがある」

「それがなんだ」

「――そういう親方の姿を、あのぼやき地蔵はいつも見ていたんだよ……そして、おまんという『丹後屋』の娘が殺された夜も……親方があの場所にいたのを、ちゃんとぼやき地蔵は見ていたんだ。その夜鷹と一緒にな」

喜平次はふと足を止めて、ぎらりと鋭い目つきになって、松太郎を振り返った。

「だから、なんだってんだ、てめえ」

小間物屋の手代をしていたとはいえ、店の金に手をつけるような男だ。どこかに、やくざな地金があるのだろうが、松太郎は不思議に怖くなかった。ある覚悟をしていたからである。構わず、続けて、

「親方は地蔵にぼやいていたんじゃねえよ。大勢の人々にぼやかれた地蔵もたまらねえだろうと、逆にぼやきを聞いてあげるつもりで、時々、あそこにしゃがんでいたんだ。そうすることが、毎日、忙しい親方の慰めだったのかもしれねえがな」

「てめえ、からかってんのか。磯吉って大工が磔になったと聞いたが、俺には関わりねえ。とっとと失《う》せろ」

「本気で言ってるのかい？」

「失せろってんだ！」

「あんたの身代わりに、磔になったんだぜ。心の奥じゃ、申し訳ねえと思ってんじゃねえのかい、喜平次さんよ」

恐ろしいくらい鬼の形相《ぎょうそう》に変わった松太郎の顔を目の当たりにして、喜平次は微かにひっと声を洩らすと、あたふたと逃げはじめた。それでもしつこく追ってくる松太郎を、時折振り返りながら、だんだんと駆け出した。

喜平次は力を振り絞って走り、見慣れた路地に飛び込んだ。また、恐る恐る振り

返って見てみると、松太郎の姿はなかった。

——ほっ。

と一息ついた途端、目の前に松太郎が現れた。

「うわッ。な、なんでえ、てめえはよッ」

真っ赤な鬼の顔のままで、松太郎はじわじわと喜平次に近づいた。

後ずさりする喜平次に向かって、松太郎は懐《ふところ》に忍ばせていた鑿を、ぐいと握り締めて突き出した。とっさに身を引いた喜平次は、小石に雪駄《せった》を取られ、仰向けに倒れそうになった。思わず差し出す喜平次の腕を摑んで、松太郎は力任せに引き寄せ、鑿を喉元に突き立てようとした。

「よ、よせッ」

悲痛な声で叫ぶ喜平次を血走った目で睨みつけた松太郎が、今にも喉を切り裂きそうになった、その時である。

「やめろ、松太郎！」

すんでのところで踏みとどまった松太郎が、荒い息のまま振り返ると、忠兵衛が真っ青な顔で立っていた。ゆっくりと近づきながら、

「喜平次を牢屋敷まで出迎えに行ったら、おまえらしき者を門番が見ててよ……危

ないところだった」

「角野様……」

「そんなことしたところで、親方は浮かばれまいよ。それに、残されたおりつのことは、どうするんだい。父親に死なれたあの娘を、また、ひとりぼっちにするつもりかい」

「……」

「親方が地蔵にぼやいてたのは、おまえが真面目すぎて、おりつを嫁にくれと、さっさと言いにこないことだったたんだぜ」

「そんなことを、親方が……」

「ああ。だから、そんな奴を殺しても何にもなるまい。後は俺に任せるんだ、いいな」

松太郎は鑿を摑んでいた手を下ろし、喜平次の腕を放した。そのまま、喜平次は腰が抜けたように地面に沈み込み、

「勘弁してくれ……勘弁してくれよ……」

と呟きながら、さめざめと泣きはじめた。その穢《けが》れた喜平次の涙顔に、またぞろ白いものが落ちてきた。

九

「正直に、お話し致します。はい」

南町奉行所のお白洲から、喜平次は上の間の大岡忠相を見上げて、こくりと頷いた。

「では、おまえが、普請請負問屋『丹後屋』のひとり娘、おまんを殺したのだな」

「そうでございます」

「間違いないな」

「はい」

大岡は少しばかり複雑な表情を浮かべて、蹲同心の傍らに控えている忠兵衛に目をやった。忠兵衛は気づかないふりで、

——さて、どう裁いてくれますか。

とばかりに、粛然とお白洲の様子を窺っていた。

北の裁きとはいえ、一度結審し、処刑を実行した事件を、再度、吟味することは特異なことである。下手をすれば、町奉行が間違いを認めることになるからである。

だが、大岡はもう一度、確認するために問い質し、喜平次が、

「本当に私がおまんを殺しました」

と答えると、ふうっと深い溜息をついて、

「その訳は。何故、殺した」

「私は、おまんに惚れていました。できれば女房にしたいほどでした。この思いに嘘はありません。店の金に手を出したのだって、おまんに美味いものでも食わせて、気を引きたかったからです」

「なのに、なぜ殺した」

「おまんの奴……いえ、おまんは少々、高慢ちきな女で、私のことなんざ歯牙《しが》にもかけませんでした。所詮は小間物屋の手代。公儀の大普請を請け負う『丹後屋』の娘とは、釣り合いません。そりゃ私にも夢はあった」

「夢……？」

「はい。大きな商いをする夢です。もし、おまんに気に入られて『丹後屋』の跡取りにでもなれば、毎日、私のことを扱《こ》き使ってた店の主人なんぞ見返してやれる。そう思ってました」

「だが、その下心を、おまんは見抜いていた」

「下心だなんて……いえ、そうかもしれません……だから、私はおまんから、

『あんたのような取るに足らない男が、うちの身代を狙うなんて、ちゃんちゃらおかしい』ってからかわれたとき……何もかもを侮辱された気がして、思わずカッとなって、持っていた匕首《あいくち》で……」

「そんな物騒なもの、どうして持っていたのだ」

「おまんには色々な男が言い寄っていました。中には、タチの悪いのもいたから、私が守ってやろうと……」

「守るつもりが殺すとは洒落《しゃれ》にならぬな」

大岡が鋭く睨みつけると、喜平次は背中を丸めて項垂《うなだ》れたまま黙ってしまった。

「大工の磯吉が、間違って捕らわれたとき、どうして名乗りでなかった」

「そりゃ……怖かったからです」

「怖かった」

「はい。磯吉さんと『丹後屋』にどのような事情があるかは知りません。ですが、幸いというか……私にとっては運がよいことだったので、素知らぬ顔をしていたんです。でも、そのうち……そのうち、やっぱり申し訳ない気がして、名乗り出ようと思ったとき……」

「思ったとき？」

言わずとも、粗方、分かっているが、大岡はあえて問い返した。

「北町の臨時廻り同心の浜崎久兵衛様が声をかけてきました」

「町方同心が、な」

「はい。『まだ若いのに、おまえは死にたいのか？　磯吉を下手人にしてやるよ』と言われて、そのために小伝馬町の牢に、金を盗んだ咎で入りました」

「おまんが死んだ刻限に、牢内にいたことにすれば、疑われずに済む……からだな」

「はい。そのために、わざわざ入牢の日にちまで、誤魔化《ごまか》してくれました。私ははじめ、何かの罠《わな》かと思いましたが、本当に処刑されたと聞いたときには、安堵する一方で、なんだか怖くなってきました……それでも本当のことを言えなかったのは、言えば殺されると思ったからです」

「浜崎にか」

「はい」

「何故、そう感じたのだ」

「わ、分かりません……ただ、浜崎様の裏には、とてつもない大きな黒い影があって、磯吉さんを亡き者にしたい意志があるように感じました」

磯吉が丹後屋清右衛門に普請について逆らっていたのは、人々の危難を憂えるがためだった。だが、そんな気持ちよりも、橋造りで儲けようという大きな意図が働いて、たまさか、おまん殺しをした喜平次を利用して、磯吉を陥れたのであった。

——ならば、あっさりと磯吉本人を殺しておけばよいものを……。

と大岡は思わぬではなかったが、

——そうなれば、南町の儂が動くと思うていたに違いあるまい。あくまでも、丹後屋と揉めて殺しをした男の方が、葬り易かったのであろう。

そう得心した。

喜平次は大岡の顔色を見ることもなく、申し訳ありませんでした、と素直に謝った。

「だがな、喜平次……御定法では、もうおまえを裁くことはできないのだ」

「え……」

「それを承知で、おまえもすべてを話す気になったのではないか？」

「そんなことはありません。本当に、本当に心から悔いております。おまんにも、磯吉さんにも、申し訳なかった……本当に許して貰いたいと……」

お白洲の砂利に額を擦りつけるように、喜平次は頭を下げた。

「いや。許さねえよ」

声を上げたのは、忠兵衛だった。

周りの蹲同心や臨席している吟味方与力が、忠兵衛を制しようとしたが、大岡が発言を許した。すぐさま町人溜まりから、おりつを連れて来た忠兵衛は、きょとんとしている喜平次の横に座らせた。

「磯吉の娘、おりつだ」

「!?……」

首を竦《すく》めて、喜平次はまた頭を下げたが、おりつは険しい目で睨みつけながら、

「許しません。たとえ、お上がお裁きにならなくても、私は許しません」

「……」

「お父っつぁんがどんな思いで、牢獄に入れられ、磔にされたか……何もしていないお父っつぁんが、どんなに苦しんだか……あなたは死んでも分からないでしょう」

「も、申し訳ねえ……」

「謝られても、お父っつぁんは戻ってきません。そして、『丹後屋』のおまんさん

も」

「でも、あなたを八つ裂きにして、晒《さら》したとしてもまた、お父っつぁんは生き返るわけじゃない。だったら……」

「だったら？」

問い返したのは忠兵衛だった。おりつは水を向けられて、唇をしばらく噛んでいたが、大きく息を吸い込むと、

「あなたには、一生かけて、償《つぐな》って貰います」

「一生かけて……」

おりつを見上げた喜平次の目には、微かだが救われたような光があった。

「毎朝、毎晩、うちに焼香に来て下さい」

「……」

「そして、毎日、墓掃除もして下さい。あなたが死ぬまで、毎日です」

「……」

「できますか、それが」

「やります。必ず……必ず、そうします」

喜平次は懸命に縋《すが》るように頭を下げ続けた。そして、とめどもなく涙が溢れてきた。その顔を心に刻みつけるようにじっと睨み続けるおりつに、大岡が声をかけた。

「おりつ――父親を殺した男の顔を、毎日、見ることになるのだぞ。それでも、構わぬのか」

「はい。憎いこの男の顔を毎日、見続けること。それが私に課せられたことだと思います。それこそが供養《くよう》になると思います。御定法でどうしようもないなら、お父つぁんを生きて返して貰えないなら……私にはそうすることしかできません」

若い娘なのに大した度胸と心構えだと、大岡は感心した。だが、それはまた、愛する者を失った悲しみの裏返しだとも感じた。

「相分かった、おりつ。ならば、南町で世話をする。儂も焼香にゆく」

「ええ？」

「このとおりだ」

大岡はしばらく頭を下げて、

「北町の裁きとはいえ、奉行所の裁き違いで、人の命を奪ってしまった。決して、あってはならぬことだ。何万遍、謝っても、謝り尽くすことはできぬ過ちじゃった。許せ……許せよ、おりつ」

「お奉行様、そのような勿体《もったい》ない……」

「明日よりは、角野忠兵衛も毎日、焼香に出向き、そこな喜平次の行いを見届ける」

「えっ。私がですか!?」

忠兵衛は俄に後込《しり》みをしたが、同じ町方で御用を預かる者として、甘んじて受けねばならぬことだと覚悟をした。

お白洲に集まった奉行や同心、そして、おりつの思いに、喜平次は心から、さめざめと泣いた。

ふと上の間を見上げた忠兵衛には、大岡の顔が、なんとはなしに、ぼやき地蔵に見えた。考えてみれば、このお白洲とて、様々な罪人のぼやきを聞いてきたのかもしれぬ。

「何でも聞いてやるぞ、おりつ」

にっこり微笑みかける忠兵衛の顔もまた、地蔵のように穏やかだった。

第三話　名もなく貧しく

一

金目鯛《きんめだい》のとろりとした煮つけを、鳥のようについばみながら、忠兵衛はハアアと深い溜息をついた。傍らでは、詩織も同じように、頬が落ちるほどの満足な笑顔であった。

「ああ、おいしい……やっぱり、魚と女は旬《しゅん》に限るわよねえ」

「そうだな」

「私はもう薹《とう》が立ってるけどね」

「だな」

「ちょいと。ちがうでしょッて言って下さいな。もう忠兵衛さんたら、本当に野暮《やぼ》天《てん》ね。いつまで経《た》っても」

たわいもないことを言い合いながら、煮つけを箸《はし》で崩すのが、本当に幸せだなと感じながら、忠兵衛は酒杯を傾けた。

いつもの地蔵堀にある、店の名もない一膳飯屋である。主人の五郎蔵は忠兵衛の手先でも何でもないが、

――いつでも、命をお預けしますよ。

と覚悟している男である。どこが優れているというわけでもないが、人を人としてきちんと扱い、思いやりをかけて、時に理不尽な相手に対して怒りを爆発させる忠兵衛という町方同心に、惚れているのだ。もっとも言葉にしたことはない。口にすれば安っぽくなる。

「どうです、旦那。自分で釣ってきたキンメの味は」

「うむ。実にうまい」

忠兵衛はほくほくとした金目鯛の身を舌先で転がしながら、

「市《いち》で買ってくるのではなく、てめえで釣ったものは格別だ。なんでだろうなア。同じ魚のはずなのに味が違う」

「同じじゃありませんよ。自分で殺生《せっしょう》した方が、美味《うま》く感じるんでさ。なぜなら

ば、生きものの命を奪ったという懺悔《ざんげ》の心が、魚を甘くするんですよ」

「そうなのかい？」

「食べるという供養《くよう》の度合いが、人から手に入れたのとはひと味もふた味も……」

「五郎蔵が言うと妙に信じちまうな」

「本当のことですよ」

「しかし、目が金色に光るから金目鯛っていうが、本当は鯛じゃないんだよな。なんだか、今、町奉行所で追いかけてる〝騙《かた》り一味〟みたいで、どうもいけねえな」

「騙りは酷いじゃありやせんか。何も、この魚がてめえで名乗ったわけじゃねえのに」

五郎蔵が金目鯛を庇《かば》うように言うと、それがよほどおかしかったのか、黙々と食べていた詩織が思わず声を出して笑った。

「あはは。面白いことを言うね、五郎蔵さん。そうよねえ、鯵《あじ》だって鰯《いわし》だって秋刀魚《さんま》だって、自分で名乗ってるわけじゃないものね。人が勝手につけたものだものねえ」

「たしかに、考えてみりゃ、なんだか不思議だな」

もっともだと忠兵衛も頷いて、無数にあるモノの名がどうやってついたのかと、物思いに耽《ふけ》るような目になった。

「で、どうだったんです、旦那」

「え？」

「別に金目鯛を釣るために、勝浦《かつうら》くんだりまで行ったわけではねえでしょ？」

押送船《おしおくりぶね》という鮮魚をのせた船が、房総《ぼうそう》や伊豆《いず》から来て、日本橋川《にほんばしがわ》から魚河岸に運ぶ。その帰り船に乗せて貰って、勝浦まで行ってきたのだ。八丁櫓《はっちょうろ》のこの船は物凄い速さで、風や波をものともせずに進むから、実に爽快《そうかい》だった。

「釣りではないと知ってたのか」

「そりゃ、もう旦那のことですからねえ。例の老夫婦の一件で、娘さんの所まで訪ねて行ったんじゃないかってね」

次に差し出された金目鯛のあら汁の湯気に、忠兵衛はほっこりとした気分になって、

「五郎蔵は何でもお見通しだな」

「遠慮なさらずに、いつでも命じて下さいよ。わざわざ、旦那自身が遠くまで足を運ぶことはありやせんやね。ただでさえ忙しいのに」

「いや。どうせ、山積みの紙切れに埋もれてる毎日だからな、気晴らしに丁度よい

のだ。それに、自分の目や耳で確かめねば、気が済まぬ気質《たち》なのでな」

ずずっとあら汁を啜《すす》った忠兵衛を、詩織は気になるように見やって、

「ねえねえ、忠兵衛さん。それって、誰のこと？　例の老夫婦って」

「八丁堀の組屋敷から程近い、北紺屋町《きたこんやちよう》にある〝せんべい長屋〟の徳三《とくぞう》、おはんの夫婦だよ。一月《ひとつき》ばかり前に、覚悟の心中《しんじゆう》をした」

せんべい長屋と呼ばれるのは、大家が煎餅《せんべい》を作って売っているからである。もっとも、長屋に住んでいる人々は裕福とは言えず、文字通り煎餅布団に寝ている。

「心中……ああ、雪になった夜、お互いに手足を縛り、隅田川《すみだがわ》に石を抱いて入水したっていう、あの……」

「知ってるのかい？」

「一度だけ会ったことがある。ほら、前に私、年寄りの方々の面倒を見てたじゃない。その時に……でも、私たちはまだまだ元気だからって、拒まれちゃってね」

詩織は今で言う〝訪問介護〟のようなことをやっていたことがある。それが、今度は〝結婚仲介業〟である。色々なことに手を出しては、すぐにまた新しいことをやりたがる奇特な奴だと忠兵衛ならずとも思っていたが、分かりきったことだから、口には出さなかった。

仲人《なこうど》とは、元来、商売で結婚の仲介をする者のことである。だから、詩織も商いのつもりで始めたのだが、お節介が高じて、結局は損な役回りをすることが多かった。文字通り、

――大きなお世話。

をするからである。

「心中した、その徳三さん夫婦のために、どうして、忠兵衛さんが勝浦まで？」

「娘が向こうにいるんだ。ひとり娘でな」

「ひとり娘……」

「勝浦ではちょっとした川船問屋に嫁いでから十五年。子が五人もいる」

「心中したことを報せに？」

「そうじゃない……話せば長くなるが、徳三、おはん夫婦は、騙りにあって先行きを儚《はかな》んで、死んだのだ」

「ええ!?　騙りって、もしかして……」

勘の鋭い詩織だから、すぐに分かったのであろう。

近頃、江戸では、〝大変屋《たいへんや》〟なる騙り一味が跳梁跋扈《ちょうりょうばっこ》している。

たとえば、しばらく会っていない息子がヤクザ者と喧嘩になって相手を刺してし

まった。今なら、相対済《あいたいす》まし、つまり示談で事が終わるから、ついては十両払え、などと親元に岡っ引が駆け込んで来るのだ。

「それは大変だ」

と裕福な親なら、十両くらいは出す。岡っ引はそのまま持ち逃げするのだ。もちろん、岡っ引は贋者《にせもの》である。

あるいは、その親自身が揉め事のあった相手や大怪我の治療をしてくれた医者などに、金を持参することもある。だが、相手も騙りの仲間で、謀《はか》られたと気づいたときには、誰もいなくなっている。

徳三夫婦の場合もまったく同様で、

「娘のおくみさんと旦那が、荷の下敷きになって大怪我をしたと報せがきたんだ。店の手代からということだった。すぐにでも手術を受けないと生き死にに関わるというので、徳三とおはんは、三十両という大金を使いの者に渡したのだ」

と忠兵衛が話すと、詩織は眉根を上げて、

「なんてことを……で、その夫婦は……」

「後から勝浦まで出向いたのだが、もちろん、娘には何事もなく、それで初めて騙されたと気づいたのだ」

「それはお気の毒に……」

「後で考えれば、大怪我をしたとしても、嫁ぎ先は船主をしているほどの家だ。そのくらいの金、払えぬはずがない。人間、慌てふためくと、冷静に考えることを忘れちまうんだな、これが」

「それにしても……」

五郎蔵が菜箸で、フグの白子の焼いたのを整えながら尋ねた。

「三十両もの大金、よく徳三夫婦が持ってやしたね。〝せんべい長屋〟の住人なのに」

「俺も後で調べたんだがな、徳三は五年程前に、富籤《とみくじ》を当てて、それが十五両。長年、真面目に表具師として働いて貯めた金と合わせて、結構な金を持っていたらしい。それを根こそぎ奪われたんだ。隠居してから暮らすための金だったんだがな」

「そうなんで」

「近所でも評判だったから、それで狙われたのかもしれないがな」

「あっしら、そんな大金ないから心配はねえが、一体、何処《どこ》の誰がそんな悪さを……」

「それを調べているんだがな。今、浮かんでいるのが、真九郎《しんくろう》という〝名札屋〟だ。

『大野屋《おおのや》』って屋号までつけてやがる」

「名札屋？　あまり、聞いたことがありやせんが」

「うむ。簡単に言えば、長者番付とか相撲《すもう》番付のように、料理屋だの旅籠《はたご》、小町娘などを扱った〝見立《みたて》番付〟なんかもあるが、それの詳しいやつだ」

「詳しい？」

「何処の誰兵衛が、どのような暮らしをしてるか。何人の子供がいて、仕事は何をしてて、稼ぎはどれくらいかなんてことを事細かく書き記したものだ。名札帳ってもんだが」

今で言えば、名簿屋の類《たぐい》である。流れ者も多かった当時、町名主が町内の住人の素性《すじよう》を把握《はあく》するために便利使いをしていた。他にも商人たちが、出商いをする折に、何処にどういう人が住んでいるのかを予《あらかじ》め知っていれば、無駄足を踏まなくて済む。だから、〝名簿〟を買い求める商人も多かった。

「大概の書物は、書物問屋仲間行事が、世の中に出してよいかどうか決めるのだが、このような見立番付は誰でも容易に作れるから、やり放題だ。酷いのになると版元や出した日付も書いちゃいない。もっとも、この〝名札屋〟はまだ大野屋真九郎と名を出しているだけ、まっとうってところか」

忠兵衛が滔々《とうとう》と話すと、じっと聞いていた詩織がなぜか申し訳なさそうに、

「大野屋真九郎さんなら、知ってるよ」

「え？」

「だって、『志会わせ屋』も『大野屋』さんの名札帳に頼っているんだもの」

「そうなのか？」

「詳しいよ。どこの商家の娘が何歳で、どういう習い事をしているとか、どこそこの手代は実入りがどれくらいで、どんな女が好みとかね」

「訊かせてくれ、詩織さん。そいつは一体、何処で仕事をしてるんだい」

「それは……」

「知らないのかい？」

「別に隠れてるわけじゃないんだろうけれど、時には、やくざ者のような闇の渡世のことも調べてるからねえ、あまり表に顔は出したくないんじゃ？」

「だったら尚更、調べねばなるまい。こいつが、騙り一味と通じているやもしれぬ。つまりは、徳三夫婦を心中に追いやったとも言えるからな」

「まさか……」

詩織はしっくりこないというように首を傾げた。たしかに、どこか浮ついたとこ

ろがある男だが、悪い人間ではないという。

「悪い奴かどうかは、俺が会ってみて決めるよ」

「忠兵衛さんが決めるんですか。なんだか、忠兵衛さんらしくない。不遜《ふそん》というか」

「事は徳三夫婦だけの問題じゃない。町奉行所で把握しているだけでも、ざっと三千両余りの被害が出ているんだ。一家心中をした者もいるし、何処かに身を隠した者もいる。借金までして金を払った者は、いまだに返済に汲々《きゅうきゅう》としているんだ」

「でも……」

「とにかく、その男のこと、少しばかり訊かせて貰おうか」

いつになく険しい顔になった忠兵衛に、詩織は戸惑った。美味しく食べた金目鯛や気持ちよく飲んだ酒が、一遍にすうっと消えてしまうようだった。

二

南町奉行所の例繰方では、袴田美濃助と定町廻り筆頭同心の酒井一楽が、額をつけるほど頭を寄せて、書類をめくっていた。もちろん、騙り一味と思われる人物の洗い出しを急いでいたのである。

「さっぱり分かりませぬ……雲を摑むような話ですな、酒井様」

「いいから探せ」

酒井は苛立ちを露わにして、

「奴らは必ず、以前も江戸に現れて、騙りをやったはずなのだ。たとえば、商家の蔵から、ごっそり盗み出した奴もいたではないか、出鱈目《でたらめ》な取引を持ち出して……それらも、何処かで繋がっているはずだ。奴らは名を変え、ときには顔を変え、普通に真面目に暮らしている者に、ひっそりと何気なく近づいてくるのだ」

「では、此度の〝大変屋〟とも関わりが？」

「あるに違いない。奴らは手を替え品を替え、人を騙すのだ。そうやって、多額の金を人から巻き上げるのを、俺は許すことができぬのだ」

真顔で言う酒井を袴田は思わず、息を飲んで見上げた。小柄な袴田から見れば、まさに熊のような巨漢である。

「なんだ」

「あ、いえ……酒井様がそのような正義を口にするとは思いませなんだので。もしかして、角野忠兵衛のお陰ですかねえ」

「どういう意味だ」

「近頃は、酒井様も角野の人柄に惹《ひ》かれているのではと思いましてね」

「バカを言うな。俺は騙りをやる奴が嫌いなだけだ。御定書でも、人を騙すのは殺すのと同じくらい罪深く、死罪なのだぞ。分かっておるのか！」

「承知しております」

「だったら、つまらぬことは言わずに、さっさと調べろ」

酒井は苛立ちを隠せない仕草で、袴田の見透かしたような顔を睨みつけた。

「それにしても、〝大変屋〟のことが気になるなどと、もしや、酒井様ご自身も騙されたのではありますまいな」

「袴田！」

物凄い形相になった酒井に、袴田は思わず首を竦めて、

「あっ、冗談でございます。私はその……奉行所の中にも、ハメられた者がいると小耳に挟んだものですから。ええ、奴らはそれほど巧みに、人の弱味につけ込むのが上手《うま》いのでございましょう」

「それがだな……耳を貸せ」

神妙な面持ちに変わって、酒井は袴田の耳朶《みみたぶ》に臭い息を吹きかけた。

「実は、俺も引っかかったのだ」

「ええ！　酒井様までが！」

「声が大きい、ばか」

酒井は辺りを見回してから、情けないくらいに眉毛を下げて、

「娘がな……まだ四つの幼子だ。その娘が何者かにさらわれてしまった。十両払えば、すぐさま解き放つが、すこしでも躊躇《ちゅうちょ》すれば、その場で殺す……そういう脅し文がきたと、自身番の番人が組屋敷まで駆け込んできてな」

「かどわかし、ですか」

「俺に怨みを抱いている者の仕業らしいというのだ。思い当たる節は幾らでもあるからな。もう考えている余裕なんぞなかった。表沙汰《おもてざた》にして、奉行所で探索すれば殺されるに違いない。そう踏んで、俺は……」

「払ったのですか、十両」

「娘の命が助かるなら安いものだ」

「安過ぎますよ」

「ああ。後で思えば、番人の顔には覚えがないし、十両なんて身代金てのも妙な話だ。だが、その時はもう……とにかく、番人に金を預けてから、何とか下手人《げしゅにん》を捕

らえようと躍起になってたところ……娘がひょっこり帰って来た。知らないおばさんに、団子《だんご》をご馳走になってたってんだ」

「女も仲間なんですね」

「そういうことだ。俺は番人のふりをしてきた男の顔や姿形を覚えてる。そして、これが……娘に訊いて描いた人相書だ」

酒井が懐から出した女の顔は、年の頃は二十半ばで細面《ほそおもて》の、眉毛が吊り上がった、切れ長の目の美形であった。子供の話だから、どこまで信憑性《しんぴょうせい》があるか分からないが、酒井が見た番人に扮《ふん》した男の顔と合わせて見れば、手がかりにはなるであろう。

「このふたりが仲間だとすると、一緒に出歩いていることも考えられる。もちろん、他にもつるんでいる奴はいるだろうが、そやつらを炙《あぶ》り出すためにも、おまえの力がいるのだ」

「私の……？」

「必ずや前があるはずだ。〝くらがり〟に落ちている事件の中に、こやつらが絡んでいるものが。それを徹底して洗い直せ」

「はあ……」

「なんだ。気のない返事だな」

「そろそろ隠居なんですよ。ですから、あまり疲れる勤めはもう……」

「もうなんだッ。おまえは俺のように騙された者の悔しさが分からぬのか」

「騙す方が悪いと決まっておりますがね。でも、娘さんの居所さえ分かっていれば、騙されずにすんだはずで……あ、いえ、分かりました。やります。直ちに直ちに」

謙《へりくだ》って言いながら、袴田は書庫に向かった。酒井の顔が真っ赤に燃え上がってきたからである。一度、噴火すれば、何をされるか分かったものではない。ここは言うことを素直に聞いておく方が無難だと、咄嗟《とっさ》に判断したまでである。

「まったく……隠居前に、袴田には引導を渡してやらねばなるまいな」

酒井は爆発しそうになる苛立ちを抑えつけるのだけで、精一杯だった。


柳橋《やなぎばし》の船宿『歌仙《かせん》』の表に忠兵衛が立ったのは、同じ日の夕刻だった。

まもなく暮れ六つ（午後六時）で、寒々しいくらいに闇が迫ってきていた。すでに船宿の軒提灯《のきぢょうちん》は出ており、粉雪混じりの隅田川で船遊びと洒落《しゃれ》る客人も集まってきていた。

忠兵衛が待っているのは、物見遊山《ものみゆさん》の連中ではない。この船宿の離れを借りて住んでいる大野屋真九郎に話を訊くためである。

だが、とっぷり日が暮れても、真九郎が帰って来ることはなかった。

「女将《おかみ》。他に行くところはないのか」

船宿の女将のお今《こん》と忠兵衛は顔見知りだったが、あまり詳しくは話そうとしなかった。もしかして、忠兵衛が来たことで何か不都合が生じたと察し、真九郎に使いでも出したのではないかと忠兵衛は疑った。

考えてみれば、『歌仙』ほどの名のある船宿が、離れに真九郎を住まわせているのはおかしなことだった。女将は四十がらみの年増で、独り身である。詩織の言うとおり、若い男前ならば囲っていると取られても仕方があるまい。

「どうなのだ。これだけ待って帰って来ないとは、どこぞに遊びにでも行ったのか」

「さあ……私は間借りをさせてるだけなので」

「ならば、おまえに訊きたいことがある」

「いいですよ。でも、旦那ア、うちは今からが商売ですからねえ」

「そうか。ならば、離れで待たせて貰っていいかな」

「え、それはちょっと……」

「なに、待つことには慣れっこでな」

「いえ、そういう意味では……」

忠兵衛は女将の返事を待たずに、店の玄関を上がると、雪駄《せった》を懐に入れて、離れの方へ歩いて行った。勝手知ったる店ではないが、御用の筋《すじ》で何度か訪ねて来たことがある。

「旦那……」

女将は露骨に嫌な顔をしたが、それ以上、強くは言わなかった。下手《へた》をすると、昔の傷に触れられるかもしれないからである。

盗人《ぬすっと》を匿《かくま》っていたことがあるのだ。

やむにやまれず、五両ばかり盗んだ若い男だった。情が深いと言えば、それまでだが、女将は悪さをする男に惹かれる性癖《くせ》があるようだ。四十がらみとはいえ、まだまだ色香をぷんぷんさせている。その艶《なま》めかしさにつられて、訪ねてくる客も多い。

離れに入った忠兵衛は、何の変哲もない部屋にがっかりした。

騙りに関わりのある〝名札屋〟なのだから、さぞや山のような文書があると思いきや、まるで隠居暮らしのような閑散とした部屋だった。床の間には水墨画が掛けられており、茶道具が置かれていた。

「ま、ここなら、女将と好きなだけ逢瀬《おうせ》を楽しめるってわけか」

二間続きの隣室には、夜具も整えられていた。

何気なく違い棚などに触れていると、ギギッと棚が傾いて、その上に置いてある小さな花挿《はなさ》しが落ちそうになった。思わず止めた忠兵衛の手に、少し水が零《こぼ》れた。違い棚はそれ以上は傾かず、奥の壁がずれた。

——おや……。

と見やった忠兵衛の目に飛び込んできたのは、隠し棚だった。そこは天井裏のように、広くなっており、ぎっしりと紙の束が重なっている。

袖をめくって手を伸ばして、一綴《ひとつづ》り摑んで引っ張り出すと、それはまさに〝名札帳〟の元となるネタであった。何処でどう調べたのか、たくさんの武士や町人の名と奉公先、その妻子から親兄弟の名や、近所の噂、金の有無、借金のありなしなどが、ずらりと書かれてある。そして、住まいと思われる絵図面も添えられてあった。

「なるほどな。これだけのものを揃えておれば、何処の誰兵衛がどのような暮らしぶりか一目瞭然《いちもくりようぜん》だ。詩織もこの『大野屋』の〝名札帳〟から、仲人をするに相応《ふさわ》しい相手をみつくろっていたってわけか」

ぼそぼそと忠兵衛が独り言を洩らしたとき、ふらりと三十前の男が入ってきた。

それが大野屋真九郎であることは、一目で分かった。縦縞の着物に山吹色《やまぶきいろ》の帯をきりっと締めて、上物の煙草《たばこ》入れを小粋にかけている。町人髷《ちょうにんまげ》はわざと斜めにずらして、濃い眉毛は色男ぶりを物語っていた。

「邪魔してるぞ」

忠兵衛が言うと、真九郎はあからさまに不愉快な顔になった。

「気持ちよく酒を飲んで帰ってきたら、なんてことだい」

黒羽織に十手を差した八丁堀同心の姿に、悪びれる様子もなく、

「いくら町方の旦那でも、人の部屋を勝手に調べるとはねえ。そんなことして、いいんですかい。角野の旦那」

女将から忠兵衛の来訪を聞いていたのであろう。忠兵衛の名を呼んで、身分や住まい、貰い扶持《ぶち》まで述べた。同心だから、まあ見当はつくだろうが、父親も同じ同心だったことや、妻の千歳がどこの出《で》で、いつ亡くなったのかということまで承知していた。

少しばかり気味の悪さを覚えた忠兵衛だが、真九郎はニッコリ微笑んで、

「驚くことはありやせんよ。あなたの大切な詩織さんから聞いただけです、へえ」

じっと見つめる瞳は人を食ったようにも見える。忠兵衛は不気味さよりも、底知れぬ心地の悪さを感じた。

三

「せっかくだから、この奥のもの、ぜんぶ見せて貰っていいかい？」

忠兵衛は半ば強引に、隠し棚に仕舞われていた文書の束を指した。

真九郎は少しためらったが、自分に言い聞かせるように、

「別に悪さをしてるわけじゃねえからね。へえ、一向に構いませんよ。しかしね、旦那。そこには人に知られちゃマズいことも沢山書かれているかもしれねえ」

「人に知られちゃマズいこと？」

「たとえば、どんな前科があるとか、借金がどれだけ溜まっているとかね」

「ああ」

「旦那が見たとしても、誰にも黙ってるのなら、どうぞお調べになって下さい。俺には、何も疚《やま》しいことはございませんから」

疚しいことはないと繰り返した。真九郎が騙り一味に関わりがあるのかどうかは、

まだ判然としない。詩織の話では、まったく繋がりはないということだが、もしこの帳面の中に、騙りにあった人たちの名が並んでいたとしたら、取り調べないわけにはいかぬ。

綴り文書を繰りながら、忠兵衛はさりげなく、真九郎の素性を探った。永尋書留役のように日がな一日、窮屈な詰所で書類ばかりを扱っていると、人嫌いと思われるかもしれないが、意外と人心を推し量る術《すべ》も身についてくる。書き物には、思いも寄らぬ人間味のあることが、記されているものだからだ。

「いつ頃、江戸に来たんだい」

「え？」

「おまえさんがだよ。奉行所で色々と調べてみると、川越宿《かわごえじゅく》で飛脚の真似事をした後、千住宿に出てきて、それから公事宿《くじやど》なんぞの下働きをしていたのは分かっているのだが、その前が分からぬ」

「俺のことを調べてるので？」

「おまえだって、人様のことをあれこれ調べだして、名札帳を作っているではないか。てめえのことも少しくらい世間に晒したっていいのではないか？」

「別にようござんすよ」

「では、教えてくれぬか。どこで、どう暮らしていたのか」

綴り文書をめくりながら、忠兵衛が尋ねると、真九郎は淡々と答えた。

「信州《しんしゅう》の飯田《いいだ》で生まれ落ちたらしいが、二親は小さい頃に亡くしたから、まったく覚えちゃいない。馬籠《まごめ》に住んでる、遠縁の者に預けられたが、来る日も来る日も、牛馬のように扱われて、幸せとは言えなかったな」

「辛かったんだな」

「いや。辛いと思ったことはねえよ。おまんまを食えるだけで儲けもんだ。世話になってる身だしよ。贅沢なんぞ言えなかった」

「ほう。しっかりしてるじゃないか」

「当たり前のことだ。遠縁の者も貧しい暮らしぶりだったからね。俺のことも厄介者だったんだろう」

真九郎は遠い目になって、思い出したくないとでもいうふうに首を振った。忠兵衛はその姿を見て、嘘ではないと察した。幼い頃に、嫌な思いをしたことは、長じても心の奥に変わらず残っていることを、忠兵衛は熟知しているからだ。

それがよい方に向けば慈善を尽くし、悪い方に流れれば罪人になることもある。人生というものは、まさに細い塀の上を渡っているようなもので、ちょっとした弾みで善の道に進むこともあれば、悪の道に落ちることもある。

——この男はどっちか……。

ということを、忠兵衛は考えながら聞いていた。

「宿場の問屋場で人足などをしているうちに、武州《ぶしゅう》の川越に行けば、もっと銭になる仕事があると人に勧められて……」

移ったという。元々、根無し草のような暮らしだったから、どこへ行っても、すぐに誰とでも仲良くなることができたらしい。

「生まれつき足が速くてよ。飛脚問屋の番頭の目に止まって、手伝いをするようになったんだ」

「飛脚問屋か。大切な文や金を扱うから、よほど信頼されていたのだな」

「だから、あっしは何も疚しいことなんぞ、生まれてこの方、やったことはねえよ」

少しばかりふて腐れたように言ってから、真九郎は続けた。この名も、飛脚問屋の主人がつけてくれたという。

「本当の名は、田五作《たごさく》ってんだ。なんだか、とろくさそうだろ？　だから……」

「飛脚をしていたのに、どうして江戸に」

「川越は小姓から大名に成り上がった柳沢吉保《やなぎさわよしやす》公のお膝元だ。なんだか気分がよかったけれど、そりゃ江戸の方が華やかだ。ああ、時折、飛脚の仕事で江戸に来ていたからな。花のお江戸に憧れたんだ」

「若い頃には、ありがちだな」

「江戸者には分からないだろうよ。何もかもが輝いて見えた、あっしみたいな田舎育ちには。なんとか、飛脚問屋の旦那に頼んで、付き合いのある公事宿に潜《もぐ》り込むことができたんだ」

「公事宿といえば、関八州から町奉行や勘定奉行に、何か訴えに出て来た者が泊まるところだ。その上、訴訟の代理までしてくれる。そんなお堅いところで、よく勤まったな」

「やっぱり旦那、あっしのことをバカにしてやせんか？」

「そんなことはない」

「いけやせんぜ。同心の旦那が、思い込みで人を悪く言っちゃ」

「すまぬ。そんなつもりはない。ただ、どうして、名札帳なんぞを作ろうと思ったのか、それが気になっただけだ」

「ああ、そんなことですかい」

真九郎は白けた顔になって、鼻の頭を指先で掻《か》いて、

「飛脚をしていたときに、色々な所に文や金を届けるから、その覚え書きがある。公事宿で仕事をしていても、似たようなことがあってね。一覧できるものがあれば便利でよいなと思ったまでで」

「なるほど。それで、名札帳をそれを必要な人に売れば金になると踏んだか」

「金になるかどうかなんか、その時は分かりやせんよ。でもよ、喜んでくれる顔を見りゃ、誰だって嬉しくなるじゃねえか」

忠兵衛は頷いて聞いていた。

「それから、色々なことを頼まれるようになったんだ……たとえば、呉服屋からは嫁に行きそうな娘の名を揃えてくれとか、料亭からは寄合の日付や主催者、献残屋《けんざんや》からは大名や旗本と商人らとの付き合い目録などをね」

求めに応じて、様々な〝名簿〟を作って、今でいうところの情報として売っていたのである。様々な見立番付が飛ぶように売れていたくらいだから、江戸っ子は常に情報に飢えていたのかもしれぬ。そこが、真九郎の狙いだったのである。

「……おや？」

忠兵衛は綴り文書の中から、徳三の名を見つけた。その他にも、ずらりと数十人

もの見覚えのある名が並んでいる。

「これは、どういう者たちの目録だい」

覗き込んだ真九郎は目を凝らして見ていたが、あまり覚えがないと言い返した。

「てめえで調べたものじゃないのかい。知らないじゃ済まないぜ」

「そう言われてもねえ、一々、覚えちゃいやせんや」

「ここに名のある者は、ほとんどが騙りにあって、何十両何百両という金を奪われてるんだ。本当はどうなんだ」

「騙り……⁉」

真九郎は本当に驚いた表情になって見つめ返した。

「そうだよ。まさか、おまえ……」

「知らない、知らない。本当にあっしは何も！」

懸命に首を振ったが、俄《にわか》に不安になったのか顔が青ざめてきた。忠兵衛はその様子をじっと見ていたが、真九郎は頑《かたく》なに知らないと言い張った。

——何かある。

と忠兵衛は踏んだが、追いつめて尻尾《しっぽ》を摑み損ねても困る。

「そうかい……知らぬか……」

さりげなく逸らして、他の文に目を移した忠兵衛は、何事もなかったように調べを続けたが、真九郎の方はぴりぴりしていた。

四

翌日の夜になって、真九郎は人目を避けるように船宿を出ると、日本橋蠣殻町《かきがらちょう》にある両替商『陸奥屋《みちのくや》』まで来た。あたりの大店《おおだな》に比べて、間口が狭いが、店の割には立派な軒看板で、金文字が月光を浴びて燦《きら》めいていた。

昨夜の忠兵衛の「騙り」という言葉が気になって落ち着かない。たしかに騙りは殺しと同じように死刑という重い罪である。自分が関わっていたとなると、落ち着いていられなかった。

潜り戸から通された真九郎は、店から奥の間へと番頭に案内され、すでに寝間着に着替えていた主人の柿右衛門《かきえもん》に会った。

「寝酒をやっておったのです。『大野屋』さんもどうですか」

「嫌いじゃありやせんが、ちょいと……」

声をひそめて卑屈そうな目になると、真九郎は確かめるように訊いた。

「俺がお譲りしたあの名札帳、まさか悪いことに使ってはいないでしょうね」

「悪いことに？」

「ええ。実はゆうべ、南町奉行所の角野忠兵衛という同心が訪ねて来て、あれこれ名札帳のことを調べられたんです」

「ほう。それで？」

「『陸奥屋』さんに渡した名札帳に、何か疑念を抱いたようで……」

「うちに渡したというと？」

「お忘れですか。富籤が当たった人たちの名を連ねたものですよ。一番籤や二番籤の者は公《おおやけ》にされるので分かりますが、その他の小銭を手にした者ははっきりしない。それが分かれば、陸奥屋さんに預けるよう勧めるから、その名札帳が欲しいと」

「ああ。あれなら、上手に使わせて貰っているよ」

柿右衛門は燗酒《かんざけ》を口に含んで、ゆすぐようにしてから飲み込むと、

「あの折には、人に訊きにくいことも色々と調べてくれて、ありがとうございました」

「そんなことは、ちっとも構やしませんがね、俺が気になっているのは……」

「気になっているのは？」

　真九郎はさらに声をひそめて、辺りを見回す仕草をしてから、

「それが騙りに使われたんじゃねえか、ってことなんで、へえ」

「騙り、ですと？」

「あの帳面の中の人間が、何人も……いや、ほとんどと言ってよいくらい、今流行《はや》りの〝大変屋〟という騙り一味のカモになっているんですよ」

「金を奪われたというのですか」

「ええ。もしかしたら、あの名札帳がその一味に渡ったんじゃないかと不安で」

「それなら、うちにありますよ」

　すぐさま柿右衛門は番頭を呼びつけて、帳場から件《くだん》の名札帳を持ってこさせた。

　手にした真九郎は、まさしく自分が作ったものだと安心した。

　しかし、これを書き写して配ることもできないわけではない。真九郎がそのことを尋ねると、柿右衛門はさすがに不愉快になって、

「待って下さいよ、『大野屋』さん。それじゃ、まるで私が何か悪さに荷担しているような言い草ではないですか」

「いえ、決して」

「『大野屋』さんの名札帳は他にないくらい詳しいもの。あなたが調べ尽くした賜《たまもの》でしょうから、こちらも信頼しているのです。富籤に当たった人だけではなく、儲けの多い商人や貯め込んでいそうなお武家などの名も、探し出して貰いましたが、これすべて、お客様のことを思ってのこと」

柿右衛門は懸命に言い訳をしているように見えたが、真九郎は信じるしかなかった。『陸奥屋』は両替商である。人様から預かった金を、他に金の入り用な者に貸して、その利益を預けた者に還元するのが仕事である。

また、泥棒に狙われては困るであろうから、頑強な蔵で保管した方が、自分で持っているよりも安心だ。だから、『大野屋』の名札帳を参考にして、預けるように勧めていた。そのためだけに使っていたのだと、柿右衛門は毅然《きぜん》と話した。

「分かりました。しかし……」

「しかし、なんですか」

「俺が作ったこの名札帳の中から、大勢の人が〝大変屋〟に騙されているのは事実。ええ、奉行所に届けられているんです」

「ですから、そんなことは知りませんよ。たまさかじゃありませんかねえ」

「……」

「どうして、そんなに気になるのです」

「私自身が、騙り屋の一味だと疑われているからです」

「知らないと言っておけばいい。お上は疑うのが仕事だからねえ。そんなことを一々、気にしていたらキリがない」

「ですよねえ」

「ええ。身に覚えのないことには、毅然として知らないと言っておけばいいのです」

真九郎は少し安堵したのか、柿右衛門の微笑む顔を見て、ほっと溜息をついた。心配性というほどではないが、昔から、ちょっとしたことでも杞憂《きゆう》する気質だった。

「『陸奥屋』さんにそう言っていただければ……そうですね。気にしすぎでした。旦那さんが騙り一味なんてことは、ありませんしね」

夜分、お邪魔をしたと謝って、真九郎は店を後にしたが、店先まで見送った柿右衛門は番頭に塩を持って来させた。

「縁起でもないことを言いやがって」

柿右衛門はガッと塩を掴むと、そのまま地面に叩きつけた。

「如何《いかが》しましょう、旦那様」

番頭の頬骨がぴくりと動いた。真九郎の前にいたときとは、まったく違った形相になって、柿右衛門の前に控えた。まるで、主君と家臣のような態度である。

「与兵衛《よへえ》……」

呼ばれた番頭は緊張の面持ちで頭を下げた。

「町方が動いているのは承知していたが、南町の角野忠兵衛が首を突っ込んできたとなると少々、厄介だ」

「と申しますと？」

「奴は腑《ふ》抜《ぬ》け同心を装っておるが、大岡の懐刀《ふところがたな》だという噂もある。〝くらがり〟に落ちた事件をあれこれほじくり返して、下手人を磔《はりつけ》にしている男だ」

「ええ⁉」

「だが、恐れるに足りぬ。私にはあのお方がついておる。とはいえ、『大野屋』に目をつけたのは面倒だ」

「消しますか」

「下手に動くとまずい。恐らく角野は奴を張っていて、私との繋がりも勘繰《かんぐ》ったであろうからな。さて、どう料理するか、弾吉《だんきち》や亀次《かめじ》らも集めて智恵を出せ」

「――はい」

ぎらついた柿右衛門の目が鋭く光ったとき、与兵衛はそれを恐々と見上げていた。

五

髪結いの貞吉《さだきち》の剃刀《かみそり》が月代《さかやき》を滑ったとき、ちくりと痛みが走った。忠兵衛は思わず、

「アッ」

と声を出したが、貞吉はさして気にする様子もなく剃《そ》り続けた。

「旦那はちょいとしたことでも、すぐ泣きべそをかくからいけねえや。仮にも武士なんですから、我慢しなきゃ」

「仮にも、とはなんだ」

「こりゃ、相済みません。立派な三十俵二人扶持《ににんふち》の侍でした」

髭《ひげ》も月代も町人の手に触れさせないのが、武士のたしなみと言われている。だが、忠兵衛はいつも、江戸市中のあちこちにある髪結床《かみゆいどこ》で整えさせていた。さらに、これは町方同心の職務でもあった。

出床《でどこ》と呼ばれる、広小路や橋の袂《たもと》に出ている髪結床は、木戸番や橋番などのよ

うに往来の見張りをするのが、町奉行所から命じられた役目であった。同心が立ち寄り、ふだん見かけない怪しげな人物がいないか訊くことは、毎日のことだった。

それだけでなく、内床《うちどこ》という裏通りの髪結床は、もし町奉行所が火事などに見舞われたときは、火消しと一緒になって、書類や荷物を運び出す使命もあった。いわば、髪結いは奉行所の手先同然だったのである。

「これだけ江戸を騒がしている騙り一味だ。めったに見かけぬ顔とかいねえか」

改めて忠兵衛が訊くと、貞吉は髭を当たりながら、

「そうでやすねえ……」

と溜息混じりの声を洩らしつつ、怪しげな人間に心当たりはないという。知らない顔は沢山いるが、まっとうかそうでないかの区別は大体つく。身なりや髷で、人柄も分かるというものだ。

「だがね、旦那。騙り一味ってのは、それこそ、ふつうの人と見分けがつかねえくらい、まっとうでございますよ」

「そんなものかね」

「ええ。むしろ、俺たちよりもきちんとしてるもんで、後になって『えっ、あいつが』と驚くくらいですぜ」

「後になってって、おまえ知ってるのか」

「ひとりだけね」

「それは、騙り一味の者か」

「へえ」

「どこのどいつでえ」

浮き足立つ忠兵衛の肩をぐいと押さえながら、貞吉は答えた。

「慌てなくても、旦那。そいつなら、ここにおりやすよ」

すぐ横で、同じように通りに面して、大店の主人風の髷を結っている若い男を指した。人の良さそうな優しい顔をしている。

「こいつが？」

「へえ。今の〝大変屋〟とは関わりはありやせんが、似たようなことをしてたんで。もっとも使い走りでしたがね、ドジを踏んで岡っ引に捕まったんですが……若いし、やり直しはきくと思って、あっしが」

「預かったというのか」

「そういうことで」

真面目な顔で接客している男の様子は、到底、騙り屋には見えない。だが、少し叩いてみれば、埃《ほこり》が出てくるやもしれぬと忠兵衛は思った。

人を見れば疑《うたぐ》るわけではないが、出床の髪結いは株仲間があって、鑑札を貰った者しか商売ができない。いくら主人が身元を保証するとはいっても、髪結床は奉行所の〝出先機関〟のような役目もあるから、犯罪に関わった者を勝手に雇うことは許されぬ。

——どうも、怪しい。

それこそ、まっとうな人間のふりをして、騙り一味の連絡係として、髪結いになりすましているのではないか、と疑った。その忠兵衛の考えを見抜いたように、

「旦那。こいつに限って、そんな奴じゃありやせんよ」

と貞吉は言いながら、顎《あご》の下の髭を剃っていた剃刀をヒタと止めた。そして、人に聞こえぬほどの呟き声で、耳元で言った。

「……余計なことはしない方が、旦那の身のためですぜ」

冷たい剃刀が喉元に滑った。

「！……」

忠兵衛の顔が一瞬、凍りついた。そのまま刃を喉に押し込めば、血を噴き出して死ぬのは間違いない。

「お、おい……」

「声を出さないで下せえ。角野の旦那には何の怨みもありやせんが、上の命令に従わなきゃ、あっしたちの命も危うい」

「……」

「かといって、顔馴染《かおなじ》みの旦那をひと思いに殺すことも、あっしにはできやせん。人生、情けの貸し借りってのは、いつも旦那が言っている言葉じゃないですか」

「……」

「お互い、賢く生きていきやせんか？　旦那には到底、敵《かな》わない大きな一味が、江戸を支配してんですからねえ」

「……それもまたハッタリだろう……てめえたちを大きく見せて、騙される側が勝手に怖がるように仕向ける……」

「喋らないで下せえと言ったはずですが」

押し当てた剃刀が肌に食い込みそうであった。

──本気だ。

と感じた忠兵衛は、微かに身震いした。隣で淡々と髪を結っている若い男は、ちらりと忠兵衛の顔を見やったが、無表情のまま仕事を続けていた。

「旦那の考えていることは、大方、見当がつきやすよ」

貞吉の掠《かす》れ声が、忠兵衛の耳元で囁《ささや》いた。

「あっしがてめえのことをバラしたんだから、この場をしのげば、後でお縄にできる。なのに、どうしてひと思いに、やらないのかってね」

「……………」

「案じてくれなくても、こっちは幾らでも逃げ道はあるんです。だから、旦那……約束をしてくれれば、このままお帰ししやすよ」

「約束……」

「もう騙り一味のことなんざ、調べないってことです。第一、〝くらがり〟に落ちた事件を調べる角野の旦那が、定町廻りの真似事をすることはないじゃないですか」

まるで定町廻りの連中は、貞吉のことを騙り一味と承知しているような言い草だった。いや、そのようなことはないはずだ。酒井も躍起になって、此度の事件については洗い直している。少なくとも南町の与力や同心は、騙り一味を挙げようとしている。

――やはり、またぞろ、北町同心の浜崎久兵衛が噛んでいるのか。そして、その後ろ盾の北町奉行諏訪美濃守も……。

忠兵衛は疑いを抱いた。北町が絡んだ前の事件も結局あやふやなままで、浜崎のお咎《とが》めもないままだからだ。大岡ですら始末できないような何かがあるのかもしれぬと、改めて忠兵衛は感じていた。

「どうしやす、旦那。髭を当たりますか。それとも……」

「わ、分かった……おまえの言うとおりだ」

「情けをかけるのは、一度きりですよ。これは、何かと旦那に世話になったお礼のしるしです。どうか、あっしの気持ちを無駄にしないで下せえ」

喘《あえ》ぐように頷く忠兵衛の喉から剃刀を離しながら、

「余計なことをしないで下さいよ。あっしの周りにいるのはみんな仲間だ。それに、つまらないことを考えると、旦那の大事な人も仲間が手にかける。いいですね」

詩織のことを指していることは、忠兵衛には分かったが、相手もあえて言葉に出さなかった。忠兵衛の額や喉、首などを濡れ手拭いで丁寧に拭き、貞吉はニコリと微笑みかけて、

「どうも、旦那。お疲れ様でした。これで、男前も上がりましたよ」

「ああ。ご苦労だった」

忠兵衛が立ち上がるのを、貞吉は薄笑いで見上げていた。

表通りに出ると、寒空なのに陽が燦々《さんさん》とふりそそいでいるのが、不思議だった。往来する人々の鼻や口から、白い息が出ているのが、なぜか愛おしく感じられた。

熊手《くまで》売りが行き過ぎて、年の瀬を感じながら、髪結床を振り返ると、貞吉が次の客を座らせているのが見えた。今し方の出来事が、まるでなかったような錯覚にとらわれた。だが、貞吉は相変わらずの薄笑いをたたえ、忠兵衛に目顔で挨拶をした。

ゆっくり通りを歩き出した忠兵衛は、自分の背中に幾つもの痛い視線を感じた。この中にも、騙り屋の目があるかもしれぬ。そう思うと、腹立たしさと怒りが入り混じって、忠兵衛の胸の中で激しく揺れるのだった。

六

その夜——。

柳橋の船宿『歌仙』裏の船着き場から滑り出した屋根船の中では、浜崎久兵衛が与兵衛と向かい合っていた。

傍らには、まるで仁王のような立派な体軀の弾吉と亀次が控えている。

「そんなことで、引き下がる角野とも思えぬがな」

浜崎が高膳から杯を取って口に運ぶと、与兵衛も遠慮がちに酒を飲んで、

「いっそのこと始末をした方が、よろしかったでしょうか」

「いや、それも……余計な面倒を増やすだけだ」

「しかし……」

「言うたであろう。角野は大岡からも一目置かれている同心なのだ。あのように腑抜けた風体《ふうてい》ながら、腹の底がなかなか読めぬ男だ。あなどるでない」

のらりくらりとしていると見せて、悪事には目を光らせている忠兵衛のことを、浜崎は好きになれなかった。

「南町には酒井一楽という定町廻りの筆頭同心がいるが、奴の方が落とせるやもしれぬ」

「落とせる?」

「うむ。俺たちの仲間にできるということだ」

「仲間に……」

「南町の動きも事細かく調べておきたい。でなければ、おまえたちが捕らわれたときに、打つ手がなくなっては困るからな」

「はい。それは、ありがたいことですが……」

与兵衛は浜崎に酒を注いで、

「酒井というのも、なかなか一筋縄ではいかない同心だと聞き及んでおりますが」

「奴は金に転ぶ男だ」

「本当ですか」

「此度の一件でも、自分が騙されたがため、腹が立ってしょうがないから下手人探しをしているに過ぎぬ。図体はでかいが、所詮は肝っ玉の据わっていない小役人だ。どうとでも手懐《てなず》けられる」

「浜崎様は……もしや……」

騙り屋の正体が万が一、バレたときには、酒井のせいにしようとしているのではないか、と与兵衛は勘繰った。浜崎ははっきりとは答えなかったが、罠《わな》に陥《おとしい》れようとしていることは明らかだった。

「それにしても、大岡が本気で動き出す前に、とんずらを決め込んだ方がよいかもしれぬな。でないと……」

「でないと？」

「おまえたちも雁首《がんくび》揃えて、獄門になるやもしれぬ」

浜崎は、弾吉と亀次を見やった。

「縁起でもないことを言わないで下さい」

屈強な体だが、ふたりともギクリと首を竦めた。

――そろそろ潮時だ。

ということを、お互いに承知しているような空気が流れた。

「『陸奥屋』も一緒に姿を隠すわけにはいくまい。奴にはあくまでも両替商として、江戸で根を張っていて貰わねば困る」

「はい……」

「そこでだ。おまえたちに働いて貰わねばならぬ」

弾吉と亀次は顔を見合わせた。

「俺たちに？」

「なに、雑作《ぞうさ》のないことだ。〝名札帳〟を作っている大野屋真九郎を消せ」

「ですが、奴の〝名札帳〟のお陰で、俺たちの的探しができたのですぜ」

「だから、消すのだ」

浜崎は杯を干して、ぐいと与兵衛に突き出した。すぐさま酒を注いだ与兵衛に、
浜崎は俄に不機嫌な顔を向けて、

「奴はてめえが何か悪いことをしているとは思っちゃいねえ。だからこそ面倒なのだ。ちょいと南町の者にいじられれば、何を言い出すか分かったものじゃないからな」

「なるほど」

「だが、ただ殺してしまったんじゃ、足がついてしまう。頭を使って、上手い具合に酒井と角野を巻き込んで……よいな」

にんまりと口元を歪めて酒をあおった浜崎が何を考えているのか、与兵衛たちにははっきりとは分からなかった。だが、従わざるを得ない。いずれも、かつて盗みで捕まったときに見逃してもらったという負い目があるからである。

「――よいな」

もう一度、念を押すと、与兵衛たちは忠犬のように頷いた。


屋根船が戻って来た船着き場で、女将が迎えると、浜崎は軽く目で挨拶をするなり、尻をべろりと触って、ガハハと笑った。女将が手で払う暇もなかった。

「女将……いやさ、お今……おまえたちが毎日、あったかいおまんまを食えるのも、俺のお陰だってこと、忘れるなよ」

千鳥足《ちどりあし》というほどではないが、ふらついた足取りで、浜崎は裏路地に消えた。ふんと鼻を鳴らして見送っていた女将は、

「嫌いだよ、あいつは」

「女将、聞こえますよ。地獄耳の旦那ですからね」

与兵衛がシッと指を立てると、

「知るもんかッ」

袖をぐいと摑んで、腹立たしげに地面を蹴って、女将は続けた。

「情けないねえ。あんなろくでなしの町方に、操られてるなんてさ」

「まあ、そう言いなさんな。持ちつ持たれつというものです。浜崎の旦那が言うとおり、毎日、温かい飯にありつけるのは、あの方がいたからこそ。文字通り、牢屋敷の冷たくて硬い飯なんて、食べたくはありませんからねえ」

「だけどさ……」

「文句を言っても始まらない。さて、弾吉に亀次……どうする」

「殺しは、どうも……」

弾吉が気のない返事をすると、女将がえっと振り向いた。

「なんだい。誰を殺すってんだい」

「――真九郎だよ」

答えたのは与兵衛だった。

「えッ……⁉」

女将は驚きを隠せなかった。少なからず好意を抱いていた男である。いくら浜崎の命令でも、納得できることではなかった。

「真九郎が何をしたってんだい」

「何かをする前に消すんだと」

与兵衛はあっさりと他人事のように答えた。

「逆らえば、あんたも危うい。なあ、女将。奴をツバメのように可愛がっているあんたなら、上手い具合に殺《や》れるんじゃありませんかねえ」

「冗談も休み休み言っとくれな。なんだって、あんな奴の言いなりに……」

浜崎の行方を振り返った女将は悔しそうに唇を噛みしめて、承服できかねるというように首を何度も振った。だからといって、与兵衛が同情することはなかった。

「仕方がないねえ。弾吉、亀次、やはりおまえたちに任せるよ。それが主人の望みでもあるからねえ」

「ご主人の……」

むろん、陸奥屋柿右衛門のことである。両替商の顔をしているが、騙り屋数十人を束ねる元締だということは、女将も重々承知している。その昔、ならず者との諍《いさか》いから、命を助けてくれた恩人でもある。浜崎の言うことなんざ聞く気はないが、柿右衛門には逆らうことはできなかった。

「でも、与兵衛さん……私には無理だよ。情をかけた真九郎に手をかけるなんざ……」

「分かってるよ。あんたの気持ちを試しただけのことだ。元締に恩義を感じているなら、私たちのすることを、黙って見てなさいってことだ。いいね。下手な情けは命取りだ」

「ああ……」

「その後、しばらく私たちは江戸を離れる。ほとぼりが冷めたら、また……だから、女将も頃合いを見て、上方《かみがた》にでも身を隠したほうがいい」

与兵衛にたしなめられるように言われて、女将は素直に頷いた。だが、どことはなしに不安が拭い切れない顔だった。騙りに関しては、色々な秘密を知っているからである。多くの人を騙し、中には一家心中や自害に追い込んだこともある。

――そろそろ潮時かな。

というのも、正直な思いだった。お今というひとりの女として〝余生〟を過ごしたいという願いも、心の奥にはあった。

七

馴染みの芸者と飲んでいた真九郎を、酒井一楽が自身番に引っぱってきたのは、いつものことだった。忠兵衛が目をつけている人間を横取りするのは、同じ夜のことだった。

床に座らされた真九郎は、刺股《さすまた》や突棒《つくぼう》という捕り物道具を目の当たりにして、少し緊張していたが、

——自分は何も悪いことはしていない。

という自信があるのか、涼しい顔であぐらをかいていた。

「正直に言え。そしたら、おまえだけは一味ではないと、俺がお白洲《しらす》で証言してやる」

酒井はまるで取引をするように迫ったが、真九郎は平然と、

「俺が一体、何をしたってんで？」

「名札帳だよ」

「同じようなことは、他の八丁堀の旦那にも訊かれましたがね。騙り一味と関わりなんかありませんよ」

「あるかないかは、奉行所が決めることだ」

「！……」

「騙り一味が、おまえの名札帳を使って、騙すのにめぼしい相手を探したのは事実。おまえはすっ惚《とぼ》けてはいるが、陸奥屋柿右衛門が何に使うために、おまえに仕事を頼んだかは、承知しているはずだ」

「――知りません」

「そんな言い訳は、お白洲では通じねえな。ここで、きちんと話しておけば、おまえだけは助けてやると言ってんだ」

熊のような体で、頭の上から睨みつけられると、真九郎も怖くなってきた。

「一体、俺に何を話せとおっしゃるので」

「素直にそう言やいいんだよ」

にんまりと笑った酒井は腰を落として、

「決まっているだろうが。騙り屋が何処の誰兵衛なのかぜんぶバラすんだ。こっちとしては、一網打尽《いちもうだじん》といきたいのでな」

「一網打尽……」

「そうよ。江戸の人々を地獄に落として苦しめた輩《やから》を、この酒井一楽様が見逃すわけにはいかねえんだよ」

「繰り返しますが……本当に俺は知りません。百歩譲って俺の名札帳が悪事に使われたとして、どうして俺が咎を受けねばならないのですか」

「当たり前じゃねえか」

「は？」

「おまえが名札帳を作ってなきゃ、死ななくていい人もいたのだ」

「そんなことを言われても……」

「いわば、御禁制の悪書も同じだ。ああ、理由なんぞ、どうでもつけられるんだ」

酒井がドンと床を叩いて、

「大人しく、素直に白状すりゃ、助けてやるって温情がどうやら、おまえには通じねえようだな、おい」

と鋭く目を細めて、傍らで見ていた番人に、大番屋送りの仕度をしろと命じると、真九郎の喉の奥で隙間風のような音が鳴った。

「か、勘弁して下さいよ、旦那……本当に私は何も……」

関わりがないと懸命に訴えた。

ガラッと表戸が開いて、凍りつくような夜風が吹き込んでくると、一瞬にして、自身番の中が冷たくなった。酒井が苛立った顔で振り返ると、忠兵衛が肩を窄《すぼ》めて、入って来た。忠兵衛は鼻水をずずっと啜り、ぶるぶると声まで震わせて、

「――そいつは、本当に関わりないようですよ、酒井様」

「下がれ。おまえなんぞ、呼んだ覚えはないぞ」

「私も真九郎のことを疑ってたんですがね、本当に何も知らないようです」

「貴様……こいつに籠絡《ろうらく》されたか」

酒井はますます苛ついて、忠兵衛に出て行けと命じた。

「まあ、そうおっしゃらずに、私の話も聞いて下さい」

「そんな暇はない」

「こうしている間にも、騙り屋が江戸から逃げるかもしれないのですよ。手遅れにならないうちに、まずは『陸奥屋』に手配りし、北町同心の浜崎からも目を離さぬ方がよいかと存じます」

「なんだと？」

浜崎という名に酒井は敏感に反応した。色々と悪い噂を聞いているからだ。浜崎に比べれば、縄張りを巡って、袖の下を貰って回る酒井の罪など可愛いものである。浜崎は殺しを見逃したり、盗みの手伝いをしながら、何ひとつ証《あかし》を残していない。ただ、不思議なのは、浜崎が何故に、悪党の後ろ盾になっているのかということだ。此度の騙り一味との繋がりでも、騙し取った〝アガリ〟を掠め取るのが狙いかもしれぬ。だが、それだけのことで、危うい綱渡りをするものかどうか。

「悪党の事情なんざ知ったことじゃない。浜崎が絡んでいるのなら、角野……どうして、もっと早く、俺に報せぬのだ」

「私が確信を得たのも、つい先刻なれば、申し訳ありません」

殊勝に謝る忠兵衛を、酒井はほんの少し訝《いぶか》しげに見やった。だが、次の忠兵衛の言葉に驚いたのは真九郎の方だった。

「『陸奥屋』と浜崎が、大野屋真九郎……おまえを殺すかもしれぬ……そう耳にした」

「ええ!?　まさか、そんな……」

「そんなことはあり得ぬ。そう申したいのだろうが、奴らは騙りの一件はすべて、おまえのせいにして、ドロンを決め込む寸法だ」

「へッ。そんなことをしたところで、本当に俺は何も知らねえんだから……」

「知らないから殺してドロンだ」

忠兵衛が冷たく言い放った途端、真九郎の顔が、すうっと青ざめた。しどろもどろになる真九郎を横目に、忠兵衛は続けた。

「酒井様。我ら南町の配下にある髪結床……貞吉という者を覚えてますか」

「いや」

「そいつは、事もあろうに、この私の喉をカッ切ろうとしました」

「なに⁉」

「まあ、向こうも殺す気はなかったんでしょうが、藪蛇《やぶへび》ってもんで……こっちが色々と調べるキッカケになったんです。奴は浜崎に金を摑まされて、一味に入っていた。けれど、改めて調べると、他の髪結いたちはまったく知らないことでした」

頭を掻きながら、忠兵衛はまた謝った。

「我ながら情けない。お恥ずかしいことに、私は奴のハッタリに騙されていたのです」

「……」

「しかし、怖いものですぞ。喉に刃をあてがわれては身動きひとつできませぬからな。むはは……笑い事ではありませぬが」

「……角野。おぬし、何が言いたい」

酒井はあからさまに不快な表情になって、忠兵衛の前に立った。

「おまえが、おめおめと髪結いの貞吉とやらにしてやられるとは思えぬ。何が狙いだ」

「別に何もありません。本当に怖い目にあったのです」

「で……こいつを、どうしろと」

「先程も言ったとおり、騙り一味とは関わりはありませんから、とっととお解き放ちにすべきかと存じます」

はっきりと断じた忠兵衛に、真九郎の方がしがみつくように、

「ま、待ってくれよ、旦那方……このまま解き放たれたら、俺はどうなるんだい……ねえ、角野様。奴ら、俺を狙ってるんだろう？」

「――だとしたら、どうする」

今度は忠兵衛がズイと迫るように訊いた。

「どうするって……」

「おまえの命は必ず守ってやる。だから、ひとつ俺たちに手を貸さぬか」

「手を……どういうことだい」

「訳など知ってどうする。相手は騙りを生業《なりわい》にしている連中だ。逆に、こっちから騙してやろうじゃねえか」

「え？」

「おまえはただ、生き延びることを考えろ。死にたくなきゃ、何としてでも逃げ延びて、二度と狙われないようにするしかないではないか」

「……」

忠兵衛の言い草は、取引というよりも、まるで脅しだった。有無を言わせぬ決意が滲《にじ》み出ていた。めったに見せない、その鬼気迫る様子に、酒井もたじろいだ。

「よいな、真九郎。生きていたいのならな」

ハッタリを言う忠兵衛ではないが、今度だけは、いつもと違った。

八

その夜、遅くなって、雪になった。

町木戸はとうに閉まっており、辻灯籠《つじどうろう》などの灯も落ちている。真っ暗で、音もなく降る雪の白さも分からぬほどの闇だった。

江戸市中を往来するときには提灯を持たねばならない。蠟燭《ろうそく》や油が切れたと言い逃れはできない。即刻、盗賊だと判断されて、町方に捕まることもある。そうと承知で、真九郎は簑笠《みのかさ》を被り、四谷《よつや》の大木戸近くまで歩いてきた。

あからさまではないが、もし人が見ていれば誰何《すいか》して当然であろう。

「本当に逃がしてくれるのか、おい……俺が騙されたんじゃねえだろうな」

不安な心持ちで、自身番から忠兵衛に追い出されるままに駆けてきた真九郎は、大木戸の前に立った。暮れ六つ（午後六時）には閉まるから、当然、通ることはできないが、番小屋に明け六つ（午前六時）まで滞在できることになっている。

「御免……」

真九郎が声をかけても、中から返事はない。代わりに裏手から、大柄な男の人影がぬっと現れた。その顔を見やった真九郎は凝然とした。

「おまえたちは……！」

弾吉と亀次である。真九郎は何か言おうとしたが、二人は問答無用とばかり匕首を突きつけてきた。

「ひえッ」

驚いて仰向けに倒れた真九郎は、すぐさまひっくり返ると亀のように這って、必死に逃げようとした。雪道が泥だらけになって、冷たく解けたものが、ずるずると懐から染みこんでくる。

「た、助けて……」

という真九郎の叫びが声にならず、指先が空を摑む。

「運が悪かったと諦めな、真九郎」

弾吉が腹ばいになっている真九郎を跨ぐように立って、

「おまえには感謝こそすれ、怨みなんぞ持っちゃいねえが、少々、面倒なことになったのでな。勘弁しろよ」

「よせ、よせ」

懸命に立ち上がろうとする真九郎の背中を踏みつけて、ばたつかせる足を亀次が力任せに押さえた。

「観念しな」

と弾吉が匕首を背中に突き立てようとしたそのとき、

「待ちなさいなッ」

闇の中から声が上がった。

ひらりと赤いものが闇に舞ったかと思うと、お今が駆けつけてきた。赤いものは番傘だった。咄嗟に弾吉たちに投げつけたのである。

一瞬、虚を突かれた弾吉は自分もずるっと泥水に足を滑らせて、転びそうになった。その隙に、真九郎は死にものぐるいで起き上がって逃げた。

――どうして、女将が⁉

という考えが去来したが、とにかく一歩でも遠くに、真九郎は離れたかった。

弾吉は、お今の顔を見るなり、怒声を浴びせた。

「女将！　何の真似だ！」

「悪いがねえ、おふたりさん。やっぱり私には承服できかねるのさ」

「元締に逆らうってのかい」

「そういうことだねえ。元々、その真九郎は騙りには関わりないんだ。真九郎はねえ、名もない貧しい人たちが、どんな暮らしをしているか、それを調べて、お上に差し出すのを生業にしていたんだ」

「………」

「この御時世、まっとうなことをすればするほどバカを見る。石が浮かんで木の葉が沈むような世の中にしたのは、どこのどいつか知らないが、名札帳をうまく使って、騙りを働く奴は、もっと悪い」

「待ちな、女将。そりゃ、おまえだって百も承知だったんじゃねえのか。だからこそ、真九郎を匿ってたんじゃねえのか」

亀次が横合いから口を挟むと、お今はすぐさま言い返した。

「そりゃ初めは、こいつを見張るためだったさ。でもねえ、使うだけ使って殺すとは、人間じゃないやね」

「お今……」

「あんたたちだって、殺しまでして血の池地獄に落ちたいのかい」

まるで自分の兄弟か子供に説教するように、お今は必死に語った。そして、情けに縋りつくように、

「なあ、弾吉さんに亀次さん。今なら、まだ遅くない。貧しくたって、名もなくたっていいじゃないか。ここで咎人になっちまえば、もう引き返せない。あんたら、悪党の浜崎や『陸奥屋』の身代わりに、獄門台に晒されるだけだよ」

「黙れ。誰が、てめえの言うことなんか聞くもんか。俺たちが当たり前に飯を食えるのは誰のお陰か、もう一度、考えてみな」

そう亀次は吐き捨てるように言ったが、弾吉は首を振りながら、お今を睨《ね》めるよ

うに見て、

「いや……何を言っても無駄だ。てめえも一緒に死ね。真九郎と仲よく冥途《めいど》に……」

言いながら、匕首をお今の腹に突き立てた。鈍い感触があって、弾吉はすぐに匕首を引いた。同時に、うわあっと悲鳴を上げながら、後ずさりした。

人を刺したのは初めてである。俄に怖くなったのか、膝が笑っていた。

亀次の方も手にしていた匕首を握り損ねたが、逃げようとする真九郎を追いかけて、背中から斬りかかった。だが、真九郎も必死である。まるで油まみれになったように、地面を滑りながら難を避けようとしたが、

「死ねえ！」

という声とともに、亀次はぐさりと真九郎の背中を刺した。

白い雪道が、一瞬にして、真っ赤に染まった。

「や、やった……」

茫然と立ち尽くす弾吉と亀次は、持っていた匕首をその場に打ち捨てると、震えながら走って逃げた。

お今は動かなくなった真九郎のところまで這いずって、その体に必死にしがみつ

いた。

雪はしんしんとふたりに降り続けた。

九

翌日、陸奥屋柿右衛門は南町奉行所に呼び出された。

店をしばらく休んで、湯治《とうじ》にでも出ようとした矢先だったので、柿右衛門は口にこそ出さないが、しまったという思いがあった。弾吉と亀次から、

――真九郎は始末した。

との報せは受けていた。そして、そのまま逃がしてやった。

にもかかわらず、自分は奉行所から、土壇場《どたんば》になって声がかかったのが不満だった。だが、逃げるわけにはいかぬ。すべては浜崎が、うまく取りはからってくれるに違いない。そう思って出向くと、詮議所《せんぎしょ》に現れたのは忠兵衛ひとりであった。

「これは、これは……角野の旦那でしたか」

「はて、おまえと何処かで会ったことがあるかな」

「あ、いえ……別に私は町方の旦那の手を煩《わずら》わせることはしてませんので、お会

いしたことはありませんが、角野様といえば、知らない人はおりますまい」

「そうか？　誰も知らぬぞ、俺なんかのことは」

「そんなことは……」

「知ってる奴がいるとしたら、〝くらがり〟に落ちた事件で、俺に調べられるのが嫌な奴らだけであろうな」

忠兵衛は威儀を正して、

「陸奥屋柿右衛門。弾吉と亀次という男を知っておるな」

「弾吉と亀次？」

「知ってるなと訊いておるのだ」

「いいえ。知りませぬ」

と柿右衛門はきっぱりと言った。

「しかし、そのふたりは、おまえのことをよく知っているらしいぞ。名札帳を作った真九郎を殺せと命じられたとな」

「何のことです」

まったく動揺しないで、淡々と答えられる柿右衛門の腹の中を、忠兵衛は覗いて見たいと思った。

「さぞや真っ黒で、薄汚れているのであろうな」

「は？」

「いや、こっちの話だ……ならば、与兵衛はどうだ。おまえの店の番頭だが」

「与兵衛ならば、湯治に出かけております。あいつも長年、うちで奉公していて嫁も貰わず、苦労しておりますからな。少しくらいは暇をやらねば」

「それが湯治には出かけておらぬ」

忠兵衛はにんまりと笑って、

「弾吉と亀次とともに、小伝馬町の牢屋敷に仲良く閉じこめられておる」

一瞬、きょとんとした柿右衛門だが、何か裏があると読んだのであろう。用心深そうな目になって、

「……弾吉と亀次とともにと言われても、私は誰のことだか分かりません」

「いや。知っているはずだがな」

「知りません」

忠兵衛はじっと柿右衛門を見据えて、

「おまえは、与兵衛が何故、牢屋敷に入れられたか、気にならぬのか」

「何かの間違いではございませぬか？」

「いいや。間違いではない。正真正銘、牢におる。なんなら、おまえも今すぐに入って、確かめてみるか？」

「ご冗談を……」

柿右衛門は少し苛ついたように目を逸らしたが、忠兵衛は平然と続けた。

「与兵衛は吐いたのだ。弾吉と亀次に、真九郎殺しを命じたとな。その訳は……言わずと知れたことであろう」

強い眼力で、忠兵衛は相手を睨みつけた。だが、柿右衛門はたじろがない。

「なぜ、そこまで余裕があるか言ってやろう。与兵衛にも暇をやったと言ったが、永遠《とわ》の暇をやったのであろう」

「……」

「すべてがバレそうになったから殺した……つまり、おまえが頭目《とうもく》だと、バラされては困るからだ」

「……」

「北町奉行所臨時廻り同心の浜崎久兵衛がお咎めになるのも、間もなくであろう。分かるな、この意味が」

「はて……」

「浜崎を知らぬのか」

「――お名前だけは……」

余裕の笑みすら浮かべて、柿右衛門は静かに座っていた。

「浜崎は筆頭同心になれたであろう、北町奉行所で一、二の切れ者だった。だが、ある事件でヘマをして、およそ同心らしからぬことに手を染めている……ようだ」

「……」

「しかし、決して自分の尻尾だけは摑まれることはない。なぜだか分かるか」

柿右衛門は素知らぬ顔をしている。

「おまえたちのような愚かな奴に、罪をすべてなすりつけて逃げるのが上手いからだ」

微かに柿右衛門の表情が動いた。

「これでも白状せぬか。おまえひとりを磔にするつもりなのだぞ、浜崎は」

「……」

「やむを得ぬな。ならば、おまえひとりで刑場へ行って貰おう。こっちには、弾吉と亀次という証人がおるのだ」

「そうですか」

柿右衛門は居直ったように目をぎらつかせて、

「そこまで、おっしゃられるのでしたら、騙りだろうが、何だろうが、お裁き下さい」

と言った。これも余裕がなせる業《わざ》であった。

だが、忠兵衛はにんまりと笑って、

「騙り、な……ほら、自ら騙りと言うたではないか」

「え？」

「俺は一言たりとも、騙りなんてこと話してないぞ。大野屋真九郎殺しについての詮議だと言ったはずだがな。人間、気になっていることは、つい出るものだ……どうだい、この辺りで、騙り一味の元締だってことを認めてはよ」

「！……」

唇を噛んでいる柿右衛門は、悔しげに拳を握り締めて、

「ならば、きちんとお白洲にて、お調べ願いたいですな。浜崎様を呼んで下さい。そうすれば、すべてが分かるはず」

「ふむ。名前しか聞いたことのない同心を、何故呼ぶのだ」

柿右衛門は二の句が継げなかった。

「浜崎に頼み込んで、助けて貰うつもりか。そりゃ無理な相談だな」

しまったと柿右衛門はさらに渋い顔になって、黙《だん》まりを決め込んだ。忠兵衛が何を問いかけても、一切、語らなかった。一言でも洩らせば、すぐに逆手に取られるからだ。

「そうか、今度は黙りか……ならば、証人を呼んでおる」

忠兵衛が手をパンパンと叩くと、襖《ふすま》が開いて、隣室から町方中間《ちゅうげん》が顔を出した。そして、膝を進めて出て来ると、その後ろから、恐縮したように真九郎がついて来た。

「おまえは……!?」

思わず腰を浮かした柿右衛門は、真九郎を凝視したまま凍りついた。

「何故、驚くのだ、陸奥屋」

「……」

「おまえはたった今、弾吉も亀次も知らぬと答えた。殺したことも知らぬと答えた。にもかかわらず、真九郎の顔を見て、どうしてそんなに驚くのだ」

「それは……角野様が、真九郎殺しの調べであると……」

すると真九郎が声をかけた。

「『陸奥屋』さん……俺が何も知らなかったなんて嘘だ……あんたがやろうとしたこと、本当は薄々知ってた……俺は名札帳を高い値で売っただけだ……人を騙しているのは俺じゃねえって思い込もうとしてた……でも、角野の旦那に諭《さと》されて、やっと気づいた……俺も同じ罪だって……ただ、素知らぬ顔をしてただけだって……」

「知らぬ、何の話だ！」

大声を返した柿右衛門に、忠兵衛はふっと笑いかけて立ち上がった。

「真九郎とお今は、おまえの悪事の証を立てるために、自分の体を張って、弾吉と亀次の刃《やいば》を受けたんだ。もっとも、鳥の血をたっぷりと入れた〝腸詰め〟を体に巻いていたのだがな。お今は本当に怪我をして、寝込んでるが……手出しをしたおまえが、己で墓穴を掘ったんだよ」

「！……」

「真っ暗な中だし、弾吉も亀次も殺しは初めてだったから、頭が真っ白で気づかなかったんだろう……万が一のために、四谷大木戸の周辺には、俺の手の者を張らせていた。なあ、真九郎、なかなかのもんだ。団十郎《だんじゅうろう》並みの芝居だったぜ」

「知らない……私は知らない……」

あくまでも柿右衛門は知らぬ存ぜぬを通した。

「弾吉と亀次は本当に殺したわけじゃない。だから、遠島で済むかもしれないが、おまえが殺せと命じた罪は重い。そして、騙りは死罪だ。浜崎のぶんも背負って、せいぜい騙した者たちに謝るのだな。さすれば、閻魔様《えんまさま》にもお情けくらいはあろう」

「冗談じゃない……冗談じゃないぞ。すべては浜崎のせいだ！　あいつの考えたことだ！　私のせいじゃない！」

「その浜崎だがな、おまえが騙り一味の頭目であることを、北町奉行に報せておる。おまえとつるんでいた〝ふり〟をしていたのは、あくまでも奉行直々の命令で、内偵していたとのことだよ」

「嘘だ。これは罠だ。私をハメるのか！」

怒りで叫ぶ柿右衛門を、忠兵衛は冷ややかに眺めていた。

「何の罪もない人を、散々、ハメていたのは、どこのどいつだぃッ」

忠兵衛は十手で床をドンと叩いた。柿右衛門は落としたものの、またしても北町奉行を盾に、とかげの尻尾切りで幕を引いた浜崎に対する怒りであった。

「明日は江戸中、真っ白な雪だろう。なあ、陸奥屋……死出の雪もまた、乙なものじゃないか。最期は悪党らしく、花道を歩いて行くがいい」
詮議所の格子窓の外には、音もなく雪が降り続いていた。

第四話　立ち往生

一

「フグは食いたし命は惜しし」

とはよく言ったもので、釣り上げたばかりの大きなトラフグを、この場で捌《さば》いて食べるかどうか迷っていた。

忠兵衛はそれなりに捌くのが上手いし、自分の庖丁で、頭を落として肝や卵巣を抜き取って皮を剝ぎ、白身の棒にして持ち帰ることはよくあった。

だが、当たってしまうと元も子もない。下手をすれば死んでしまう。

――やはり、五郎蔵に頼むか。

迷いながらも、魚籠《びく》に押し込み、乗り合いの船の足元に置いた。

ショウサイフグやマフグならば、味も落ちるので無謀なことはしないが、トラフグとは珍しい。これ一尾でいいから、早いとこ陸《おか》に上がって、食べたかった。鍋にしてよし、刺身でよし、揚げてよし、焼いてよし、干物にしてよし。考えるだけで涎《よだれ》が出てきた。

フグを釣るのは容易ではない。鋭い歯を持っているフグを仕留めるには、カットウ釣りに限る。

カットウ釣りとは、三本イカリ鉤という特別なものに、アオヤギやアカエビを餌にして引っかける手法である。メバルやマゴチ、ヒラメなども釣れることがあるから、むしろショウサイフグは雑魚《ざこ》の類になるが、トラフグならば、誰も文句は言うまい。忠兵衛は五郎蔵の驚く顔を目に浮かべていた。

「ああッ、まただ！　逃がしちまった！」

誰かが大声を上げた。

乗り合いの船は筑波《つくば》おろしのせいで、少し揺れているが、客の叫び声で釣り客が腰を浮かせたので、余計に揺れた。艫《とも》の方で、竿《さお》を振り回している男がギャアとひとりで叫んでいる。

釣れそうになれば、お互いに支え合うこともあるが、自分勝手な釣り人は大体、

相手にされない。忠兵衛は寒さに耐えるため、簑合羽《みのがっぱ》に身を包んでいるため、ろくに振り返りもしなかったが、

——あの客か……。

と思って、溜息をついた。

乗り合い船は深川の漁師町にある釣り宿から出たのだが、初めから妙な客だなと忠兵衛ならずとも、他の者も思っていた。

釣りに慣れた者なら、船に乗る前から、どの程度の腕前か分かる。剣術家が相手の身構えを見ただけで、手練《てだ》れかどうか判別できるようなものである。

「下手な客だな」

忠兵衛はそう思っていた。

案の定、船に乗る前から、何が釣れるのかとか、船酔いはしないかなどと、子供のように訊いていた。尋ねるだけならば、まだよい。一生懸命見栄を張って、何をどれだけ釣ったとか、下総《しもうさ》の方ではちょっとした名のある釣り人だとか、すぐ嘘とわかることをまくしたてていたから、誰も相手にしなかった。素直に、

「フグ釣りは初めてだから、教えてくれ」

と頼むのならば、釣り人は意外と親切な人が多いから、これも他生の縁というも

ので、手取り足取りとはいかぬが、釣りのイロハくらいは教えるものである。教えることを生き甲斐《がい》に感じている者も多い。

もっとも釣り人とは不思議なもので、同じような腕前であれば〝奥義〟を教えたりはしない。自分だけが知っている〝穴場〟も喋らない。しかし、初心者相手なら、いくらでも手を貸すのである。そうしないと逆に、他の釣り客の邪魔になるからだ。

「まいったなあ。船頭さんには結構な金を払ったんだから、何でもいいから釣って帰らなきゃ、かみさんに叱られる」

そう言いながら、男は近くで釣り糸を垂れている忠兵衛を振り返った。もう四十近くであろうか。日焼けした顔には皺が沢山あって、ヒラメのような顔で、情けないくらい目尻が垂れていた。

「旦那……お願いですよ。何尾か釣ったら、俺にも分けて下さいね」

「え、俺が？」

「そうですよ。でなきゃ、殺されますよ、かみさんに」

どうやら並々ならぬ〝恐妻家〟のようだが、釣り船に乗って遊びに来たのではないのか。夕餉《ゆうげ》の魚が欲しいのならば、棒手振《ぼてふ》りの魚売りから買えばよい話だ。

バシャンと船の横腹に叩きつけられた波が砕けて、ふたりの頭上で散った。思わ

ず船縁《ふなべり》を摑んだ男は、

「うえッ……なんだか気持ち悪くなってきた……これじゃ、死ぬに死ねない……」

訳の分からぬことを言うと思いながらも、海に投げ出されそうな男の体を、忠兵衛は思わず支えた。

「大丈夫か、おい」

「ぐげ……ウゲゲゲ……」

噎《む》せ返るような声を発して、そのまま海面に乗り出すように嘔吐《おうと》した。一瞬にして、広がった嘔吐物はすぐさま波に飲み込まれてしまい、男の顔色はみるみる青ざめた。

「しっかりしろ。陸《おか》に戻って貰うか」

「あ、いいえ。お気遣いなく」

「どっちなんだよ。他の者の迷惑なんだよ」

「――やっぱりだ」

「え？」

「俺なんざ、生きてたってしょうがねえ男なんだ。死ぬしか道はねえんだ」

「本当に訳の分からない奴だな……」

と言いながらも、あやうく海に落ちそうになるので、忠兵衛は男の後ろ襟《えり》をしっかり握り締めて、

「もしかして、おまえ。世をはかなんで、死ぬためにこの釣り船に乗ったのではあるまいな。この冷たい海に飛び込めば、一瞬のうちに気を失って死ねるからと」

「一瞬のうちに気を失って？」

「ああ。案外と楽に死ねるかもしれぬぞ」

「だ、旦那ア……」

男は細い目を、さらに細くして、忠兵衛をじっと見つめた。

「どうして、そんなことが分かるんです。俺が死にたがってるなんて」

「やはり、そうなのか？」

「旦那……見る目がありやすね」

「こういう時には使わぬ言い回しであろう。それに、何度も、おまえのような者には接してきたからな」

「え？」

「こう見えても、町方同心だ」

「そうですか」

あっさりと聞き流して、男は続けた。

「……別に、死にたいわけじゃねえけど、これ以上、生きてても何も楽しいことはねえし、毎日、辛いだけだし」

「何があったんだ」

「面白いことが何もないから、辛いんで、へえ……ゲ、ゲエ」

また前のめりになって吐きそうになったとき、男が手にしていた竿の先がググイと引いた。思わず忠兵衛が合わせようと手を伸ばしたが、うまくいかず、獲物には逃げられたようだった。

だが、代わりに木札がイカリ鉤に引っかかっていた。

ひょいと空を飛んで、男の頭にコツンとあたり、そのまま足元に落ちた。しばらくぼうっと見ていた男が、拾いあげて見ると、『いの一番・谷中感応寺《やなかかんのうじ》』とあり、新年の富会《とみえ》のものであった。

「いの一番……あは、捨てられた外れの富籤《とみくじ》を引き当てるとは、これまためでたいことだ。なんともまあ……」

男は情けない顔になって、木札を投げ捨てようとした。

「待て」

忠兵衛はその手を押さえて、木札を奪い取って、

「慌てるな。これは、まだ抽選前のものではないか」

「ええ？」

富籤は長らく幕府によって禁止されていたが、享保《きょうほう》年間（一七一六〜三六）になって、寺社の勧進《かんじん》に限り許されていた。富札は紙のものや木札など様々で、抽選方法も色々あった。大方は、売り出した札の数と同じ番号の札を箱の中に入れ、その箱を回しながら錐《きり》で突き刺すというものである。

「この富籤は、明日、感応寺で執り行われるはずだ。ダメで元々。死ぬ前に、この釣り上げた木札に賭けてみてはどうだ」

「これに？」

訝しげに、手渡された木札を見やって、

「旦那。俺のツラを見て、金に困って死のうとしたと思ってるでやしょ？　そんな単純なものじゃありやせん。人間、長年生きているとね、そりゃ色々と……」

「でも、まあ、いいではないか。十両でも当たれば、万々歳《ばんばんざい》ではないか」

百回突くうち、いわゆる〝飛び賞〟のような形で、十両とか二十両の当たりがあり、突き留めといって、最後に当たった札は、千両という莫大な賞金となる。もっ

とも、興行主の寺や札を売る札元らに幾ばくかを還付しなくてはならないが、大当たりには違いない。

「どうだ。この籤のお陰で、明日一日、生きてみようと思えぬか？」

「はは。旦那は、町方って言ったね。つまり、八丁堀の旦那だ。そうやって口車に乗せて、人を操るのがうまいんだ」

「言葉の使い方が違うだろうって」

「でも、まあ、いいや。旦那がそうやって慰めるほど、俺は情けない男に成り下がってんだ。この札を釣り上げたのも何かの縁ってことで、旦那の言うとおり、明日まで生きてみることにしやすよ」

「そうか。だったら、もう少し我慢して、釣りにつき合え。他の客のためにもな」

忠兵衛がポンと背中を叩くと、男は富札を懐に仕舞って、釣り竿を握り直した。先《さき》の調子を手首で感じるように回してから、餌をつけないまま海に放るように投げた。

「おい。餌をつけないで、どうする」

「また、富籤を引っかけるかもしれねえしよ」

「バカだねえ、まったく」

「当たりゃ、いいなあ。いや、フグの話じゃありやせんよ、えへへ」

なんだか現金な奴だと思ったが、忠兵衛は気を取り直したのならそれでいいと思った。人は一度、死に損なうと、なかなか自害をせぬものだ。ちょっと前までと違って、なんだかうきうきしている男の横顔を見て、

「ま、いいか」

と忠兵衛は呟きながら、もう一尾、トラフグを狙おうと、餌を取り替えた。

二

数日後――。

いかにも大店らしい店構えの前を、火の用心の番人が声を出し、拍子木《ひょうしぎ》を叩きながら通り過ぎた。

大店の軒看板には『伊丹屋《いたみや》』と金文字で書かれてある。酒問屋である。

上方から江戸への下り酒を扱う老舗《しにせ》であった。新酒の時期は過ぎたが、次々と旨《うま》い酒が送られてくる。正月のお屠蘇《とそ》気分はとうに終わったとはいえ、客はひっきりなしだった。そんな昼間とは打って変わり、月のない夜は人気もなく寂しかった。

突然、闇の中から、足音も立てず、黒装束に頬被りの一団が現れた。

人数にして、十数人であろうか。大人数にも拘《かか》わらず、足並みを揃え、息もぴったりと合った動きだった。素早く塀に縄ばしごをかけ、体の大きな者が踏み台となって、次々と猿《ましら》のような身軽さで、蔵の屋根へと飛び上がった。

屋根の上に登った黒装束たちは、慣れた手つきで瓦《かわら》を剥がすと、糸鋸《いとのこ》で器用に屋根板を切り取った。実に鮮やかな早業だった。お互い目顔で頷き合った黒装束たちは、半数が天井裏から、蔵の中に忍びこんだ。

屋根の上に残った黒装束たちは、すぐさま梁《はり》に滑車《かっしゃ》を取りつける。蔵の中に入った者たちは、千両箱を天井から吊り下ろされた籠に載せ、直ちに引き上げさせた。

それを何度か繰り返し、四千両もの大金を盗み出し終えたときである。

「ど、泥棒！　泥棒だア！」

母家《おもや》の二階から叫び声が起こった。住み込みの番頭が、何気なく雨戸を開けたとき、蔵の屋根の上にいる黒装束を見たのである。

折から、盗賊が横行しているという噂は流れていた。だから、迷うことなく叫んだのだ。

黒装束たちは番頭の声に戸惑うことなく、落ち着いた様子で、屋根の上まで滑車で釣り上げた千両箱を抱えて、悠々と元来た塀の方へ戻り、塀の外で大八車を置いて待ち受けている仲間に放り投げた。大八車には、藁《わら》が厚く敷き詰められており、千両箱をしかと受け止めた。

黒装束たちはそれぞれの役目を終えると、蜘蛛《くも》の子を散らすように逃げた。

だが、その時——。

「御用だ！　御用だ！」

大八車の行く手に、御用提灯を掲げた町奉行所の捕方がドッと現れた。その数は物凄く、ざっと盗賊の五倍はいた。

だが、黒装束たちはさして驚きもせず、ゆっくりと腰に差していた長脇差しを抜き払い、六尺棒を突きつけてくる捕方を、遠慮なく斬り捨てた。

「うわっ！」「うぎゃ！」「ひええ！」

斬られた捕方たちは痛みに耐えかねて、悲鳴を上げたが、他の者たちは梯子《はしご》で大八車を囲い、刺股や袖搦《そでがらみ》などで盗賊をじわじわと追いつめた。

「もう観念しろ。赤不動《あかふどう》の勘蔵《かんぞう》さんよ」

御用提灯の明かりに浮かんだ、声の主の顔は酒井一楽だった。南町奉行所定町廻り筆頭同心である。

赤不動の勘蔵と呼ばれた頭目格は、他の黒装束よりも一際大柄で、背丈だけならば、関取のような酒井と比べても遜色《そんしょく》はなかった。だが、体の細さやしなやかさは、まるで忍びのようであり、絶対に捕まらぬ、という自信に満ち溢れていた。

「酒井様が直々にお出迎えとは、嬉しゅうございます」

勘蔵は腰を屈めて、そう言ったものの、次の瞬間、ひらりと梯子を跨ぐように飛んで、あっという間に、同心や捕方たちに長脇差しの刃を浴びせた。致命傷ではなかったが、何人もの者が同時に倒れた。

「貴様……どうでも、死にたいとみえる」

酒井は勢いよく鞘から刀を抜き払うと、問答無用とばかり打ちかかった。その重い刃を受けながら、勘蔵は一歩、二歩と下がってゆく。激しく打ち合う音が響き、火花が飛び散った。

「うぬ……」

手が痺れたのか、勘蔵は身を引いて、数歩、下がった。酒井とて柳生新陰流《やぎゅうしんかげりゅう》の手練れである。体の重みと一緒に刀を打ち下ろして、躍りかかりながら、

「どうせ、打ち首獄門だ。これまで、何人もの人間に手をかけてきたしな……ここで、潔く死ねいッ」

酒井は憤って叫び、一太刀《ひとたち》浴びせた。シュッと勘蔵の肩口に切っ先が触れ、鮮血が吹き出た。ところが、勘蔵は素早く路地に逃げ込むと、そのまま姿を消した。

「あっ⁉」

振り返ると、ドンと爆薬が鳴る音が響くと同時、御用提灯が消えて、真っ暗になった。そして、同心や捕方たちは目潰しにあったのであろう。ちりちりとする目の痛みに、みんな、しゃがみ込んでしまった。

ようやく提灯に蠟燭を灯し直したときには、大八車は音もなく立ち去っていた。

「探せ！　者共、探せ、探せえ！」

酒井は大声で怒鳴ったが、捕方たちはおろおろするだけで、賊を追いかける者はいなかった。

——せっかく目星をつけていたのに。

逃がしてしまった悔しさよりも、一太刀しか勘蔵に浴びせることができなかった情けなさに、打ちひしがれていた。

深川地蔵堀近くの通りで、天秤棒《てんびんぼう》に油壺《あぶらつぼ》を吊るした男が、路地からふいに現れた勘蔵にぶつかりそうになった。

「うわあッ」

思わず仰《の》け反《ぞ》った男は、油壺を落とさぬよう懸命に踏ん張った。

「邪魔だ、どけい」

乱暴に押しやって行こうとした勘蔵は、すれ違いざま、男を振り返り、オヤッという顔になった。そして、まじまじとその怖い形相を向けるや、

「恭助《きょうすけ》……恭助じゃねえか？」

「え……？」

「俺だよ、勘蔵だ」

「か、勘蔵……あの勘蔵かい。泣き虫勘蔵、うんち勘蔵」

「そうだよ。覚えていてくれたかい」

「なんでまた……」

こんな所にと言いながらも、恭助は怪しげな黒装束の勘蔵をまじまじと見て、わずかに後ずさりした。だが、左肩の装束は裂け、血が出ているのを見て、

「一体、何があったんだ。とにかく、うちまで来な。訳は後で訊くからよ」

恭助は突然の出来事に戸惑いながらも、手招きをした。勘蔵は素直に従ってついて来ているものの、誰かに追われているのであろう。明らかに周辺に気を配ってい

た。

「——なんだかなあ……極楽と地獄がいっぺんに来たみたいだぜ」

ぶつぶつと呟く恭助に、勘蔵は何を言ったのかと訊き返したが、

「いや、なんでもねえ。何をしでかした」

「……」

「言いたくなきゃいいが、とうに町木戸は閉まってる刻限だし、そんな傷を負ってりゃ、大概のことは見当がつかあ。もっとも、こっちも木戸番の灯りが消えてからも、あちこちに売りに回る仕事が残ってんでな」

「……済まねえな」

「いいってことよ。おまえのことだ。どうせ人に言えねえ悪さをしたのだろうが、俺とおまえの仲だ。助けてやるから、安心しな」

と恭助は天秤棒以上の重みを肩に感じながら、自分の長屋へと向かった。

猿江《さるえ》の材木置き場から、百姓地に入ったところに、ぽつんと取り残されたような長屋があった。お世辞にも、よい造りとは言えないが、雨露を凌《しの》ぐには充分であった。

「帰ったぜ」

表戸を開けるなり、声をかけた。九尺二間《くしゃくにけん》の裏長屋というやつで、土間にはへっついと流しがあるだけで、四畳半一間には、布団が敷いてあって、かみさんが鼾《いびき》をかきながら寝ていた。

「へ……このざまで……」

バツが悪そうに恭助は苦笑いをして、油壺を置くと、座敷に上がって布団ごと女房を奥へ引っぱった。それでも、むにゃむにゃと寝言を言うだけで、起きる気配はない。

ぷうっ——と一発、屁《へ》をかまして、布団からはみだしたデカいケツをぼりぼりと掻きながら、横臥した女房はまた鼾をかきだした。

「うるさくて眠れねえかもしれねえが……まあ、入ってくれ」

勘蔵を招き入れた恭助は、不器用そうな手つきながら、肩の傷口を酒で消毒して、手拭いでしっかりと手当てした。

「結構、深い傷だな。明日の朝すぐにでも、医者に診《み》て貰ったほうがいい」

「……ありがとよ」

「礼には及ばないぜ。おまえと俺の仲じゃねえか」

幼馴染みである。歳は勘蔵の方がひとつ下だが、ガキの頃から体が大きく、誰かと喧嘩をするときには、いつも恭助の方が頼っていた。体の割に弱虫だったが、この図体だから相手がびびった。

また、恭助の方が少しばかり智恵者だったので、気にくわないお店《たな》から、煎餅《せんべい》や饅頭《まんじゅう》などの食い物を盗み出すのは、お手のものだった。それを仲良くふたりで分けて食べたものである。

「ところで、勘蔵……おまえ、本当のところ、何をやらかしたんだ」

「それは……言えねえ。おまえたち夫婦に迷惑をかけたくねえからだ。今晩一晩だけ体を休めたら、明日の七つ前には出て行くよ」

「そんなことを言わず……」

「いや。俺はもう、本当なら、堅気のおまえなんかと会っちゃいけねえ身なんだ」

勘蔵が若い頃、ならず者一家に入ったことは承知していた。だが、惚れた女ができたから、体中をぼこぼこにされてまで、足を洗った経緯がある。その後、顔を合わせることはなかったが、恭助は気になっていた。

しかし、こうして会ってみると懐かしさの方が先に立って、今、どのような暮らしをしているかは、どうでもよかった。兄弟のように一緒に過ごしていたガキの頃のことが、昨日の出来事のように思い出された。

「なあ、勘蔵……」

「なんでえ」

「おまえが仕置きを受けてまで、一緒になった女はどうした」

「――死んだよ、三年程前に。労咳《ろうがい》でな」

「労咳……」

「元々、体は強くなかったが、まあ……俺が苦労をかけちまったんだ」

「そうかい。悪いことを訊いたな」

「いや……」

「俺もつい先日まで、死のうと思ってた……だが、思いとどまった」

「……」

「捨てる神ありゃ、拾う神ありだ。生きてりゃ、色々あらあな」

十数年の時の流れが止まったような気がした、その時である。

遠くで、町方同心や岡っ引連中の呼び子が鳴り響いた。犬の遠吠えに重なって、物々しい音が飛び交っている。

恭助は勘蔵を見やったが、もう何も言わなかった。

――ぷう。

また女房の屁が洩れた。

「お巻《まき》ってんだ。悪い女じゃねえんだけどよ。少々、自堕落《じだらく》で金遣いが荒いんだ」

「でも、一緒に過ごせる女房がいて、おまえは果報者だ」

「そうかねえ……」

「ああ……そうだよ」

勘蔵と恭助は無言のまま、静かに溜息をついていた。

三

ドンドン、ドンドン――。

激しく戸を叩かれて、恭助はぎょっと起き上がった。

勘蔵の姿はもうなかった。

横を見やると、お巻はまだ寝ていた。

「ちっ、いつまで寝てやがんだ。この音でも目が覚めねえのかよ」

悪態をつきながら土間に降りて、恭助が戸を開けると、そこには聳《そび》えるように酒井一楽が立っていた。後ろには、黒羽織の同心が二人と、岡っ引や下っ引が数人、六尺棒を握った捕方らがどっと身構えていた。

何事かと起きてきた長屋の住人たちも、恐る恐る見ている。

「油売りの恭助だな」

「はい。そうでございますが……何か」

「何かではない。隠し事はタメにならぬぞ」

酒井は威圧する目で、問いかけた。

恭助の脳裏に、刀傷を負った勘蔵の顔が浮かんだ。が、余計なことを言ってはならないと、打ち消すように、その姿も忘れた。

「昨夜、おまえは何処へ出かけていた」

「……昨夜でございますか。昨夜はいつものように、油が切れる刻限に、町内の辻《つじ》灯籠《どうろう》に油を足してから、何軒かの商家や長屋に、油を売りに行ってました」

「まことか」

「はい。訪ねた商家の方々に訊いて下されば、分かることです」

「そうか……」

まったく信用していない目つきで、酒井は恭助を睨みつけて、

「おまえは、『伊丹屋』という酒問屋を知っておるか」

「はい、よく知っております。この近くにある寮の方では、たまにですが、私からも買って下さいます。それに、『伊丹屋』さんの隣にある油問屋の『越前屋《えちぜんや》』さんから、私は仕入れているのでございます、量り売りの油を」

「だから、店の様子もよく知っていた……のであろう？」

「は？」

「昨夜、『伊丹屋』に賊が入った。赤不動の勘蔵という、手荒い真似事ばかりをする盗賊一味の仕業だ」

勘蔵――という名に、恭助は驚愕した。その仰天ぶりに、酒井はニタリとして、

「やはり、おまえも仲間であったか」

「え、私が……そんな……まさか。それは何かの間違いです」

「間違いかどうかは、こっちでじっくりと調べる」

「いいえ、私は何も……」

知らないと言いかけたが、一瞬にして喉がカラカラになって、言葉にならなかった。振り返ると、お巻がのそのそと起き上がってきていた。

「女房か」

酒井が冷たく訊くと、恭助は頷いて、

「なあ、お巻……俺は何もしちゃいない。ゆうべも真面目に、辻灯籠の油を足して、呼ばれていた商家などに油を売って歩いただけだ。そうだろ、お巻」

寝ぼけ眼《まなこ》を擦《こす》って、お巻は改めて酒井の姿を見て驚いた。町方同心が探索に来るなど、思ってもみないし、意味もなく怖くなったからである。

「何を震えておる、おかみ」

「あ、いえ、寒いので……私は風邪気味でずっと寝てましたから」

ぶるぶると震えるお巻を、酒井は怪訝《けげん》そうに見やっていた。

「なんでえ、お巻。こんなときに、震えやがってよ。いつも、俺には頭っから怒鳴ってばかりなのに、そんなに震えてちゃ、何か悪いことでもしたみたいじゃねえか」

「い、いえ……私は何も……」

知らないと首を振った。じっと睨みつけていた酒井は上がり框《かまち》に足をかけて、

「隠し事はよくないぜ、恭助……おまえは昨夜、赤不動の勘蔵を手引きして、『伊丹屋』を襲わせた。そして、傷ついた勘蔵を、この長屋で匿《かくま》った上で、逃がした……違うか」

「知りません」

きっぱりと恭助は言ったが、酒井は裏を取っている顔つきで、

「嘘もそこまでにしておけ。手引きも同じく死罪だが、正直にすべてを話せば、罪一等を減ずるように、大岡様にご進言せぬでもない」

「ま、ま、待ってくれ。私は本当に知らないんだ、親分」

「俺は親分じゃねえ」

「だ、旦那ア」

「この長屋におまえが誰かを連れ帰ったのは、通りの向こうに出している夜鳴き蕎麦屋が見ていたんだ」

「え……それは……」

「それは、なんだ」

酒井が身を乗り出して、恭助の胸ぐらを摑んだとき、チャリンと音がした。お巻が、床に小判を十枚ばかり落としたのだ。

アッと見やった恭助が、これは何だと言う前に、酒井が同じ言葉をぶつけた。

「こ、これは……」

青ざめたお巻は、十両を拾って握り締めながら、

「明け方、目が覚めたら、亭主の幼馴染みって人がいて、世話になったとこれを

……これを握らせてくれて、そのまま、まだ暗い中を出て行きました」

「俺ぐらい大柄な男だな」

「は、はい」

「肩に傷があった。それは、俺がつけてやったものだ」

「はっきり分かりませんでしたが、多分、そうだと思います」

お巻が答えた途端、恭助が立ち上がって大声を出した。

「余計なことを言いやがって、このバカ！　いつもいつも、俺をコケにしやがって、肝心なときに、なんだ、その態度は！」

「肝心なとき？　そりゃ、どういう意味だ」

酒井はますます険しい顔になって、控えている同心や岡っ引たちに声をかけた。

「構わねえから、ふたりともふん縛っちまえ。後は大番屋で叩いてやる」

「違う！　私は何も知らねえ！　赤鬼だか赤不動だか知らないが、私は何も関わりねえ。ええい、放しやがれ、このやろう！」

精一杯抵抗した恭助だが、あっという間に取り押さえられてしまった。お巻も手にしていた十両を奪われ、後ろ手に縛られた。

「どうせ、この十両も手引きへの駄賃ってところだろう」

「違うって！」

悲痛に叫ぶ恭助の声は、もはや酒井の耳には届いていなかった。朝霜《あさじも》の残る表に引きずられて出たとき、恭助は情けない気持ちと同時に、本当に罪人になったような気がしてならなかった。

――こんなことなら、あの時、釣り船から飛び下りておけばよかった。

脳裏に、そんな思いが蘇《よみがえ》った。考えてみりゃ、この女房を貰ったときが、運の尽きだったのかもしれねえ。いや、そうに違いねえ。

「一緒に過ごせる女房がいて、おまえは果報者だ」

そう言った勘蔵の言葉に感涙した自分が、阿呆《あほ》のように思えてきた。泣けてきたが、あまりにも情けなくて、涙も出なかった。

四

南茅場町《みなみかやばちょう》の大番屋に連れて来られた恭助、お巻夫婦は、お白洲代わりの土間に、縛られたまま座らされていた。

自身番には時折、油を売りに行くが、吟味方与力が出向いてきて、〝予審〟をするような厳粛な場所には、足を踏み入れたことのない恭助だった。奥には罪人を留め置く格子牢もあり、障子の窓明かりが少ないせいか、やけにひんやりとしている。長柄《ながえ》の武具である突棒《つくぼう》、刺股、袖搦という、いわゆる〝三つ道具〟も揃っており、無言の威圧があった。

「怖いよ……あんたあ」

擦り寄ってくるお巻を、恭助は腰で突き返して、

「おまえの顔の方が怖いよ。いい加減にしろよ、もう」

「なんでよ。私が何か悪いことした？」

「金なんか貰うからいけねえんだろうが。しかも、おまえにとっちゃ見ず知らずの男だろうが、ばかやろう」

「だって、くれるってもん、突っ返すことはないじゃないか」

「知らねえ……俺は一切、知らねえことだからな。あの金のことは、おまえがきちんとお上に話すんだな」

「あんた！　そんな言い草はないじゃないか。そもそも、あんたが訳の分からない男を連れ込んだからいけないんだろう？」

「訳の分からないとはなんだ。あいつとは幼馴染みで……」

と言いかけて、恭助はハッと口をつぐんだ。酒井が乗り込んで来たからだ。

「聞こえたぞ」

「……」

「幼馴染みと一緒に泥棒を働いていたとは、どうしようもない奴らだな」

「あ、いえ……」

「そんな輩はすぐにでも八つ裂きにしてやりたいところだが、御定法というものがあるからな。一応は、吟味をせねばならない、一応はな」

「ち、違います」

「ええい。控えろ、恭助！」

怒声を浴びせられて、恭助は心の臓が縮み上がった。お巻にも緊張が走った。

「白《しら》を切るのも大概にしやがれ！　恭助！　てめえが、盗人だったという動かぬ証が、ごっそりと出てきたんだよ」

「盗人だったという証？」

「そうだよ。後で奉行所にて、吟味方与力が篤《とく》と調べるが、その前に洗いざらい喋った方が身のためだぜ。いや、どの道、死罪とはいえ、心の中の汚いものを綺麗サッパリ落としといた方が、地獄に行かずに済むってものだ」

「ま、待って下さい……」

恭助は消え入るような情けない声になって、

「一体、どのような証が……本当に俺は何もしていないんです……」

「往生際《おうじょうぎわ》の悪い奴だ。だったら、冥途《めいど》の土産《みやげ》に、じっくり見せてやらあ。おい、ぜんぶ持って来い」

酒井が顎をしゃくると、番人が控えの間から、古めかしい行李《こうり》を抱えて入って来た。それを見た途端、

「あっ！」

と恭助は声を上げた。悲痛なほど裏返った声だった。

「どうだ。これでも、白を切り通すか」

酒井が行李を開けると、中には封印された小判が山のように入っていた。まさに黄金餅《こがねもち》のように並んでいる。

「数えたら八百両余りある」

「……」

「これは、『伊丹屋』などに押し入って盗んだものだろう？」

「い、いいえ……」

「本当に強情な奴だな、おい。油の量り売りで、稼いで貯めたって言うんじゃねえだろうな。これだけありゃ、おまえの暮らしぶりじゃ、一生使って余るくらいだ。この大金、知らないとは言わせねえぞ」

「知ってますッ。知ってますが、盗んだものじゃありません」

「て、てめえ……お上をなめてんのか。これは、おまえの長屋の水瓶《みずがめ》の、さらにその下の土間に埋めてあったんだよ！」

怒り心頭に発して、ビシッと大きな拳で床を叩いた酒井を、お巻は恐々と見上げたものの、訳が分からないという顔で恭助に向き直った。

「おまえさん……どういうことだい？」

本当に盗賊だったのか、という疑いの目である。

恭助はぶるぶるっと顔を横に振って、向き直ると、

「しょ、正直に申し上げます、酒井様」

「もう遅いッ」

「いえ、お聞き下さいまし。その行李の金は、富籤に当たったのでございます」

「富籤、だと？」

「はい。ですから、盗んだものではありません。谷中感応寺の富籤で、百番目に

『いの一番』が錐で突かれました。本当です、お寺で訊いて貰えば分かります」

「……」

「本当でございます」

酒井の顔はみるみるうちに閻魔の如く真っ赤になって、

「いい加減にせいよ、恭助……俺も仏の酒井と呼ばれた男だが、てめえの大法螺《おおぼら》を聞いていると虫酸《むしず》が走るぜ」

「本当に本当でございます。あっ、そうだ」

恭助は上擦った声ながら、腰を半分程浮かせて、懸命に訴えた。

「町方の同心の旦那が証人です」

「同心だと？」

「はい。北町だったか、南町だったか……ええと、名はええと……」

「この期に及んで、嘘の上塗りをしようと言うのか」

「ええと、名はなんだっけなあ……そもそも、聞いたんだっけなあ」

首を捻って考えたが、恭助はどうしても思い出せなかった。思い出せないはずである。船の上では酔っ払っていて、ろくに相手の話なんぞ聞いていなかった。第一、忠兵衛は名乗っていなかった。

「あ、そうだ。船頭に訊いて貰えば分かるかも。馴染みの客でね、なんか、こう人がよさそうなお方で、とても町方の旦那って感じではなくって……あ、いえ、そういう意味ではなくて。ええと、おっとりとしていて、カットウ釣りとやらで、フグを釣って、トラフグが釣れて、その後も、三尾か四尾釣ったので、凄いなあって思ってたんだけれど……」

「トラフグ？——そう言えば、数日前……」

トラフグが釣れたので、料理屋できちんと毒を抜いて捌いたのをお裾分けすると、組屋敷まで持って来た忠兵衛の顔を、酒井は俄に思い出した。

「まさか……あいつが……いや、そんなことはあるまい」

酒井がひとりごちていると、横合いから、お巻が金切り声を上げた。

「あんた！」

「なんだよ、びっくりするな、もう」

「そんな大金が、富籤が当たってたなら、どうして私に言わなかったのよッ」

「今、そんな話、することアねえだろ」

「ねえ、どうしてよ。なんで黙ってたのよ」

ますますキンキン声になって、お巻は続けた。

「ハハン、そうか！　あんた、その金を独り占めしてドロンするつもりだったね。そいでもって、あんな女、こんな女を集めて、酒池肉林《しゅちにくりん》を決め込む気なんだろ！」

「な、何を言い出すんだ」

「私、知ってたんだからね。あんた、色々な水茶屋の女にちょっかい出して、古女房は捨てるから一緒になろうなんて、適当でいい加減なことばかり言ってたのを！　ええ、知ってますとも！　酒井の旦那ッ」

目を吊り上げて、毅然《きぜん》と見上げたお巻の顔に、酒井も一瞬、腰が引けた。

「……なんだ」

「こいつは……亭主はねえ、私のことは蕎麦を食べにも連れてかないくせに、若い女には美味《おい》しい鰻《うなぎ》やフグなんぞを食べさせてたんですよ。だから、私は団子を自棄食《やけ》いして、こんなにぶくぶくと」

「……」

「しかも、富籤が当たったってのに、私に隠してるなんて、おかしいと思いませんか？」

「待て。本当に富籤が当たったと思っておるのか」

酒井は話を戻そうとした。

「この小心者が、盗賊なんぞできる訳がない。そんな度胸があるなら、とうの昔に贅沢三昧《ぜいたくざんまい》な暮らしができてますよ」

「――とにかく、おまえたちの話は、どこを取っても嘘くさい」

「本当ですって」

恭助が縋るように言うのを、酒井は黙れと叱りつけてから、

「おまえの言い分、一応、追って調べてみてやる、一応な」

「酒井様……」

「しばらく、牢に留め、臭い飯を食って貰うぞ。せいぜい、己がやってきたことを悔い改めておくのだな」

「俺は何も……」

言い返そうとしたが、恭助にはその気力がなくなっていた。そして、ポタポタと涙を落として、やはり海に身を投げて死んでおくのだったと呟いた。

隣のお巻は、恭助が引き当てた金はどうなるのだと、重い尻で痺れた足をさすりながら、しきりに酒井に訊いていた。その女房の横顔を見ながら、恭助はなぜか気がすうっと遠くなって、その場に崩れた。

五

南町奉行所の永尋書留役の詰所では、忠兵衛がいつものように、埃《ほこり》を被った書類の山に埋もれながら、せっせと調べごとをしていた。

小姑《こじゅうと》のような袴田美濃助が、ひょっこりと顔を出して、

「どうだ。手口が同じであろう」

「さようでございますね」

忠兵衛が綴《つづ》り文を捲《めく》りながら答えた。

「屋根を破り、滑車を使って引き上げ、そのまま大八車に載せて逃げる。ときには、屋根船や武家駕籠《かご》なども使っているようですが、袴田様……これまでの盗みも、赤不動の勘蔵なる者の仕業に間違いないようですね」

「うむ。酒井様は、盗賊の一味を捕らえ、大番屋にて、きつく絞っているとのことだが、相手もなかなかの強者《つわもの》。まったく認めようとせぬらしい」

「でしょうな。自ら認めれば、即日、打ち首……誰だって、命は惜しい。足掻《あが》くだけ足掻くのが悪党というものです」

「どのようなツラをしているのか、見てみたいわい」

「いずれ、奉行所に連れて来られ、吟味方与力やお奉行の詮議《せんぎ》を受けるでしょうから、その折によく見ればよろしいでしょう。どうせ、目の据わった、救いようのない面構えでしょうよ」

「だな」

書類を閉じた忠兵衛は、目の縁を擦って疲れを取ると、

「その男から、他の一味の者を芋《いも》づるを引っこ抜くように捕縛できれば、すべてが明らかになりますな。さすれば、〝くらがり〟に落ちたままのふたつの殺しも、裁くことができます」

「しっかり頼んだぞ」

袴田が立ち去った後、忠兵衛はほっと溜息をついた。間もなく隠居と言いながら、ずっと忠兵衛のことを監視するように居座っているのが、どうにも煩わしくなってきたのだ。

もっとも、袴田がいるから、時に奉行所を休んで、好きな釣りに出かけることもできる。永尋は大変な仕事だが、〝くらがり〟に落ちたからには、じっくりと調べるしかないから、定町廻りと違って、せかせか動き回ることはない。それはそれで、

忠兵衛の性に合っていた。

「ちょっくら、出かけるか……」

忠兵衛は一段落ついた書見を終えて、奉行所の表門から出た。もちろん、盗みに関わる殺しの探索のためである。

ひとつは、三月《みつき》程前にあった海産物問屋の手代殺しで、もう一件は半年前に紙問屋で起きた女房殺しである。いずれも、赤不動の勘蔵が押し込んだときに、顔を見られたがために殺したとされていた。

だが、そのふたつの事件では、いずれも蔵から千両箱が盗まれることはなかった。事の最中に店の者に見咎められたからではない。そもそも蔵に金はなかったからである。

両方とも、隠し蔵だった。

つまり、二件とも、押し入ったのはよいが、隠し蔵だったがために、〝未遂〟で終わっているということである。にもかかわらず、お尋ね者になってしまったのは、店の奉公人や主人の女房を殺してしまったからだ。

忠兵衛は前々から調べていた、ある大工の棟梁の家を訪ねた。

神田須田町《かんだすだちょう》にあるこの屋敷には、十数人の若い大工が、棟梁の仁左衛門《じんざえもん》のもとで修業していた。噂では、元々、素行の悪かった若い衆《し》だけを集めて、〝更生〟の意味合いもあって、大工という職を手につけさせているという。

丁度、忠兵衛が訪ねて行ったとき、手代姿の若い男が、仁左衛門に挨拶をしていた。餅か団子を手土産に、近くまで来たので立ち寄ったふうだった。

「……とんでもねえ。何もかんも、親方のお陰ですよ。今の俺があるのは」

「バカ言うな。おまえの辛抱、努力の賜《たまもの》だよ」

「それじゃ、また顔を見せに来ますから。寒いんだから、無理しちゃだめですよ」

「おめえこそな」

喜色満面の笑顔で、仁左衛門は若い男を見送った。その視線の先に、忠兵衛を見つけた仁左衛門は、こくりと頭を下げた。だが、あまり歓待した様子ではなかった。

「久しぶりだな、棟梁」

「へえ……」

「今のも、おまえさんの弟子かい」

「末八《すえはち》といって、大工としてはモノにならなかったんですが、算盤《そろばん》の方は少々できたんで……今は日本橋の酒問屋『伊丹屋』の手代として奉公してます、へえ」

「『伊丹屋』……」

「何か？」

「――何かじゃねえ。何も話さなかったのかい？」

「え？」

「ゆうべ、盗賊一味が押し入ってな、ごっそり盗まれた。その一味のひとりと金の一部は見つかったようなのだが、肝心な頭目の行方は杳《よう》として知れないままだ」

「見つかった？」

仁左衛門は不思議そうに首を傾げた。その一瞬の表情が、忠兵衛は気がかりだった。盗賊のことよりも、金が見つかったかどうかの方に、心を引かれた仁左衛門の態度がおかしかったからである。

「棟梁には、賊が入ったことを、末八といったか……あいつは話さなかったのかい」

「まったく。ああ、もしかして、余計な心配をさせまいと、つまらないことは言わなかったんじゃやないのかな」

「ゆうべの今日だからな、話したがるのが人情だと思うが……」

末八の立ち去った方を、忠兵衛はちらりと見てから、

「ま、話は別口だ」

「角野の旦那が来たってことは、またぞろ隠し蔵の話でやしょ？　もうさんざっぱら話したはずですがねえ。まだ何か釈然としないことがあるんですかい」

「うむ。大ありだ」

「――どういうことでやしょ。弟子たちに仕事を任せ、時折、出かけて仕上がりを見るだけの、半分隠居の身とはいえ、そんなに暇じゃないんですよ……絵図面なんかを引くのも、結構、根気がいるのでね」

「その絵図面のことだ」

忠兵衛が身を乗り出すようにして、

「ちょいと、中に入っていいかい？　年が明けて、一月《ひとつき》余り経つってのに、ちっとも寒さが衰えないからな」

袖で手先を包むようにして、肩を窄めながら、玄関に入って腰掛けた。若い衆《し》が気を利かせて、火鉢を運んできた。

「ふはあ……いい弟子ばかりだな、仁左の棟梁ん所は」

「ありがとうございやす。で、絵図面のことってのは」

「ああ。これだ」

幾重にも折りたたんである紙を懐から取り出して、仁左衛門の前に広げた。

「おまえが作った隠し蔵の絵図面だ。盗人を騙すために、蔵の中を二重底にしたり、壁の隙間に金の隠し場所を作ったり、千両箱自体を鉄で作って動かなくしたり、色々な工夫がされているが……これは、どういうカラクリなんだい？」

忠兵衛には複雑な紋様にしか見えないが、隠し蔵の絵図面には違いない。しかも、仁左衛門自身が描いたのである。

「それを話すことは、できません。いくら角野の旦那でも、それだけは……」

「どうしてだい」

「隠し蔵は、いわば大店が自分で自分の財を守るために作ったもの。それを指図したあっしが喋ったとなると、信用に関わります。どこの蔵であれ、決して話しません。墓場まで持って行く覚悟なんですよ」

「だがな……この隠し蔵が破られた」

「ええ？」

「驚くことはなかろう。これが『伊丹屋』の隠し蔵だってことは、棟梁……おまえさんには一目で分かったはずだ」

「…………」

「悔しくないのか？」

「何をおっしゃりたいのです？」

「このカラクリは破られたんだぜ。ああ、ゆうべの話だよ。つまり、おまえは盗賊に負けたんだ。早いとこ、下手人を捕まえたいとは思わないか」

「そりゃ……」

「連中は殺しまでやってるんだ。そんな奴を野放しにしておいたら、おまえだって悔しいだろうと思ってよ」

「当たり前のこと言わないで下せえ」

「だから、棟梁の智恵を拝借したいんだよ。どうやったら、これを破ることができるか。どういう奴なら、素早くカラクリを見破って、壊すことができるか」

「知るもんか。盗まれたら、今度はそうならねえように、頑張るまでだ」

なぜか頑なに、隠し蔵の秘密を語ろうとしない仁左衛門に、

「そうかい……なら、仕方がない。あんたも関わりがある……そういうつもりで、こっちも調べさせて貰うよ」

と忠兵衛は挑むように言った。穏やかな声だが、明らかに何かを見抜いているような目つきに、仁左衛門は胸くそが悪そうに舌打ちをした。

六

酒問屋『伊丹屋』は今日も戸を閉め、店内と蔵の中では、南町奉行所の同心たちが、盗賊の手がかりを摑むために、探索を続けていた。

陣頭指揮を執っている酒井は、荒々しく天井を破りながらも、何ひとつ証拠を残していない盗賊の手際のよさに、今更ながら、はらわたが煮え繰り返る思いだった。

番頭や手代たちも同じ気持ちだった。

一番、苦しんでいるのは、主人の角右衛門《かくえもん》だった。娘のお春《はる》も、心配そうに見守っている。盗賊の手がかりがなく、金を失った角右衛門は、一挙に十歳も歳を取ったように見えた。ぐらりと崩れそうになるのを、

「大丈夫ですか、旦那様」

と後ろから支えたのは、手代の末八だった。

「いや、すまないねえ、末八……これで、おまえとお春の祝言は、立ち消えだな」

「何を言うんです。こんなことくらいで、へこたれていては、老舗の看板が泣きます。私は一から始めるつもりで、お春さんと一緒に頑張るつもりですよ、旦那様」

「ああ。おまえのその言葉、胸に染みるよ。だが、全財産だ……女房を病で亡くしてから三十年……もう私には頑張る気力がなくなってしまった」

がっくりと肩を落とす角右衛門に、今度はお春が声をかけた。

「お父っつぁん。そんな弱気じゃ、おっ母さんも、しっかりしろと叱りますよ」

「かもしれないな」

「長年、お父っつぁんは一生懸命働いた。だから、隠居するつもりで、私たちに任せてくれませんか？」

「お春……」

「そりゃ、あまり楽をさせてあげられないかもしれない。でも、末八さんと一緒なら、私、なんとかできるような気がするんです」

「おまえたち、そこまで気持ちを固めているのかい？」

「ええ。私、お父っつぁんが何と言おうと、末八さんと一緒になります。ふたりなら苦しみは半分、喜びは倍になるから」

お春の側で微笑んでいた末八も、そのとおりですと頷いて、

「旦那様。私は今までの倍、いえ三倍も四倍も働きます。それが、旦那様の恩に報いることだと思います」

と語気を強めると、お春は横合いから、

「あら。末八さんは、お父っつぁんのために働くの？　私のためじゃなくて？」

「いや、そりゃ……もちろん、お春さんのためにも」

「いやいや。お春さんだなんて他人行儀な呼び方はやめてって、いつも言ってるでしょ。お春と呼んで」

なんだか、のろけている末八とお春の姿を見て、角右衛門も目尻を下げた。盗賊に入られたからといって命を奪われたわけではない。金はなくなったが店や屋敷はある。たしかに、末八の言うとおり、一から出直せば、なんとかなるような気がしてきた。

「末八……お春のこと、よろしく頼むよ」

「はい。必ず」

親子三人の心がほっとしたとき、耳をつんざくような酒井の声が轟《とどろ》いた。

「なんだ、これは」

蔵の中から出て来た酒井は、手に何か木札のようなものを持っており、角右衛門を呼びつけて見せた。

「これが隠し蔵の奥に落ちていたが、何だか分かるか？」

「——船の割符のようですね」

「割符……」

「はい。私ども酒問屋は諸国からの酒を扱っており、江戸湾を訪れた廻船から、艀《はしけ》に荷を移します。その艀から湊《みなと》の船着き場を経て、蔵に入れるまで、荷が入れ替わったり、間違ったりしないよう、こういう割符で確かめながら運ぶのです」

「この札は、この店のものなのかい？」

「いいえ、違います……」

角右衛門は手にとって、まじまじと見てから、

「これは、どうやら贋物《にせもの》ですね」

「贋物？」

酒井が訝しげに見つめ返すと、角右衛門は噂話ですがと前置きして、

「人足が荷を抜いて、他に流して、自分が直に儲けることがあります。その帳尻《ちょうじり》合《あ》わせのために作られたもので、盗賊もこれを使うと聞いたことがあります」

「盗賊が？　どういうことだ」

「商家などから盗んだ荷を隠すためです。下手に自分で持って逃げていては、関所などで咎められたら、バレてしまいます。ですが、船荷として、たとえば上方など

に送り、それを先方で受け取れば、あまり人目に触れずに済みます」

「そんなことを、な」

「怪しい荷だと承知で、請け負う船主や船頭もいるらしいですがね。結局は、金次第だと思いますが」

「ふむ……」

「逆に、こういうこともありました。いつぞや、私どもの荷だということで、御禁制の品を、そうとは知らず、船頭が運んだことがあります。もちろん疑いは晴れましたが、うちの荷札を利用した悪党は見つかっておりません……まったく、世の中には酷い奴が多いものです」

酒井は改めて割符をまじまじと見て、唸るように、角右衛門に訊き返した。

「本当にこれは贋物なのだな」

「はい――」

「とすれば、どうして、このようなものが隠し蔵にあったか……ということだ。盗んで直ちに、船荷に仕立て、この札をつけて、どこぞの河岸《かし》にでも運んだ、というのか」

「かもしれませんね」

「ふむ……それと、もうひとつ気になることがあるのだが、いや、これが肝心なのだが、この隠し蔵作りは誰に頼んだ」

「それは……」

言いかねると角右衛門は答えた。お互い秘密につき合うのが、隠し蔵を作る折の暗黙の了解なのである。しかし、奉行所がその気になれば、蔵や屋敷の改築などをした大工の棟梁を探すことなど、すぐにできる。

「角右衛門……おまえの真面目で誠実な気持ちは大切にしてやるから、話した方がよいぞ。盗賊を捕らえるためだ」

「あ、はい……」

煮え切らない返事をすると、末八が横合いから答えた。

「神田須田町の大工棟梁仁左衛門でございます。私もかつて、親方のもとで修業をしたことがございます」

「おまえも？」

「はい」

「元大工ってわけか」

「不器用で、大工仕事の才覚がないので、棟梁の世話で、このお店に……」

「奉公に上がった」

酒井は不思議そうな目になって、末八を見つめていた。なんとも苦々しい酒井の表情に、末八は少し戸惑って、目を伏せた。

「てことは……おまえは、この隠し蔵のカラクリを承知していたってわけか」

「いいえ。それは後で聞いたことです。それに、私なんぞの手に負えるものではありません」

「そうはいっても、ズブの素人《しろうと》ではあるまい。その気になりゃ、どんな仕掛けか分かるんじゃゃないのか？」

睨めるように酒井が見たとき、お春が割り込んで、

「待って下さい。まるで、末八さんが関わっているような言い草じゃありませんか」

「……そうは言ってねえが……ないとも限らねえな」

「旦那！」

「まあ、そう怒るな。こっちは、人を疑うのが商売だ。なあ、末八……おまえ、ひょっとしたら、墓穴を掘ったのかもしれねえな。仁左衛門の作った隠し蔵なんぞと、自分から余計なことを言ってよ……」

そう言いながら、戻して貰った割符をじっと見続ける酒井の脳裏には、珍しく何か閃《ひらめ》いたようであった。

末八は馬鹿正直に話して損をしたようなものだと、不平を洩らしたが、

「いずれ、本当のことは分かる。ま、覚悟しておくのだな」

と揺さぶりをかけるように、酒井は憎々しげに言った。

七

その夜——。

両国橋《りょうごくばし》広小路の賑わいから、少し入った路地の小料理屋に、末八の姿があった。

主人とお春には、盗賊のことで町方の旦那に会ってくると言って、店を出てきていた。

町方の旦那と会っていることに、間違いはなかった。

「まあ、飲みな。末八さんよ」

「私はあまり酒は……」

飲めないと断ったが、無理矢理に杯を差し出させ銚子を傾けたのは、北町奉行所

臨時廻り同心の浜崎久兵衛であった。

　末八は恐縮したように両手で杯を差し出し、丁寧に酒を受けた。

「さあ……飲め」

「あ、はい……」

　震える末八の指先を見ながら、浜崎は苦笑して、

「安心しな。毒なんざ盛ってはおらぬ」

「そのようなことは……みじんも思っておりません、はい」

「だったら、ほら」

　末八はしばらく澄んだ水のような酒を見ていたが、思い切って飲み干した。途端にくらっときたが、

「どうだ。毒なんぞ、入っていまい」

　と浜崎は噛みしめるように言いながら、自分は手酌で飲んだ。慌てて注ごうとする末八の手を払って、勝手に飲むのが流儀だとばかりに、ぐいぐいと数杯、飲んでから、

「――で？　酒井の奴、何だって、おまえに目をつけたんだ」

「私の落ち度です」

隠し蔵のことを承知していたことを、自ら話したと申し述べた。いずれ分かることだと判断したからだ。

「たしかに、どの道、おまえと仁左衛門との繋がりは町方に知れるだろうが、軽率なことだったな」

「申し訳ありません。ですが、浜崎様。あなたの名は決して……」

「当たり前のことを言うでない」

「はい……」

「で、どうする」

「は?」

「このまま続けるか。それとも、俺との縁を切るか」

「──私は……」

しばらく俯いて考え込んでから、末八はきっぱりと、

「できることならば……もう関わりたくはありません」

「どうしてだ」

「棟梁や主人の恩を仇《あだ》で返すようなことは、耐えられないのです」

「俺への恩義はないのか。若い頃から、悪さばかりをしていたおまえを、秘かに庇

ってやっていたのは、この俺だぞ」

「それは……」

「それは、何だ」

「私のことを便利な使いっ走りにしたかっただけではありませぬか」

「ふむ。それが恩に報いる言葉なのだな」

浜崎は凝視していたが、末八の方は俯いたままだった。

「どうなのだ？」

「……」

「本当ならば、おまえはとうの昔に獄門台に晒されていてもおかしくないのだ。よもや、忘れたとは言わせないぞ……あのごうつく婆さんを殺して、二十両という金を盗んだことを。棟梁にも黙っていてやったではないか」

ごくりと唾を飲み込んだ末八は、まさに蛇に睨まれた蛙《かえる》であった。だが、俯けていた顔を上げて、

「ですから……旦那には此度の一件で、過分な金をお渡ししたはずです」

「過分な、か」

「――はい」

「三千両では足らぬというのですか」

末八は毅然と浜崎に向き直り、

「私にできる精一杯のことをしたつもりです。旦那は、赤不動の勘蔵をけしかけて、うちに盗みに入らせ、まんまと金をせしめたではありませんか」

と強い口調になった。

お互い言葉には出さないが、事情はよく分かっている。浜崎は、赤不動の勘蔵も、末八と同様、罪を見逃して、何かと利用していたのである。もっとも、末八とは悪事の〝ケタ〟が違う。

まず勘蔵に『伊丹屋』に忍び込ませ、蔵の中の千両箱を盗ませる。その中にあるのは、ただの石ころで、隠し蔵にあった本物の金は、末八が秘かに船荷として、上方に送っていたのだ。

つまり、浜崎は、赤不動の勘蔵の仕業に見せかけて、自分が大金をせしめる。そして、勘蔵には酒井を仕向けて、盗賊として始末して貰えれば、それで万事うまくいくと考えていたのである。

「同じような手口で、これからも幾ばくか稼いで、悠々自適《ゆうゆうじてき》に大坂《おおさか》で暮らすのもよいと思っているのだがな」

「そんなに上手くいくとも思えません」

「俺がドジを踏むとでも？」

「勘蔵が捕まれば、旦那にハメられたことを暴露するかもしれません」

「したけりゃ、すればよい。奴はふたりも人を殺しているのだ。誰が信じる。万が一、そのようなことがあれば、この俺が始末する」

始末するという語気には、間違いなく殺すという意味合いと、盗賊として刑場に連れて行くという意気込みがあった。

「――おまえとも長いつきあいだったが、そんなに、あのお春と添い遂げたいなら邪魔はせぬ。好きにすればよい」

「本当ですか？」

「ああ。嘘は言わぬ。そもそも、おまえが『伊丹屋』の手代になっていたことすら、知らなかったのだからな。まあ、隠し蔵を使って、一儲けできたのだから、許してやる」

「では、もう二度と……」

「分かった、分かった。そのような顔をするな」

情けなく目尻を下げる末八に、もう一度、銚子を差し出して、

「おまえとはここで別れる。まあ、せいぜい、女房を可愛がり、主人を実の親だと思って孝行することだな」

と殊勝な顔で浜崎が言った。末八は杯は受けずに、丁寧に頭を下げて、そのまま座敷から立ち去った。

残った浜崎は手酌でぐいとやってから、ふうっと深い溜息をついて、

「おい」

襖越しに隣室に向かって声をかけた。

何も返事はなかったが、ごそっと人が動く気配がした。

嫌な予感がした末八は、料理屋を出ると急いで人気の多い両国橋広小路の方へ向かっていた。間もなく町木戸が閉まる刻限である。店に帰らないと、角右衛門とお春も心配しているであろう。

昼間は人形芝居や見世物の小屋の周りは、大勢の人でごった返しているが、別の浮き世に来たように静まりかえっている。とはいえ、船宿や飲み屋の提灯がまだいくつも灯っていて、芸者連れの酔っぱらいや何処かの大名の家中の侍たちが、寒空の下、陽気な声を発しながら、ふらふらと歩いていた。

後ろを振り返りながら小走りで駆けていると、ドンと人にぶつかった。

「あっ……」

と腰を引いて見やると、がっちりとした体つきの浪人者がふたり目の前にいた。

「も、申し訳ありません」

末八はとっさに頭を下げたが、その目が浪人の腰の辺りに止まった。すでに脇差しを抜いて、袖に隠すように握っている。

ぎょっとして逃げようとしたが、後ろから別の浪人にふいに口を押さえられ、そのまま脇腹に脇差しの切っ先が突き込まれた。

「うぶ……！」

声にもならず、その場にしばらく立っていた末八は、ぐらりと崩れた。

さっさと人の波に隠れるように、浪人は去っている。

糸の切れた操り人形のように地面に倒れている末八のことを、通りすがりの者たちは酔っぱらいが寝ているとでも思ったのであろう。「風邪を引くぞ」とか「だらしがねえ奴だ」などと好き勝手な声をかけるだけだった。薄暗い中、腹の下から流れている血も見えなかったのだ。

「ちょいと……大丈夫ですか」

声をかけたのは、詩織だった。

「『伊丹屋』の末八さんですよねえ。こんなところで、まあ、どうしたんです。ねえ、しっかりしなさいな」

体を揺らした途端、じわりと脇腹から、血が流れているのに気づいた。

詩織の叫び声が、夜の闇を崩すほど響きわたった。

八

変わり果てた末八の姿を見て、角右衛門とお春は衝撃のあまり、声にならなかった。番頭や他の店の者も、盗賊騒ぎに続く異変に、何か得体の知れない怖さを感じていた。

「末八さん……どうして、こんな目に……」

取りすがって泣き崩れるお春の姿は、まだ祝言も挙げていないとはいえ、憐れな新妻そのものだった。

「――やはり、赤不動の勘蔵の手引きをしていたからだろうよ」

探索に来ていた酒井がぽつりと言った。

「そんなこと、ありません」

泣き声で答えるお春だったが、酒井は横柄な態度で、

「おまえも騙されていたのかもしれねえぜ。聞けば、末八って男はかなりの色男らしいじゃねえか。もう少し若い頃には、色々な女を口説いて、ひも暮らしだったという」

「………」

「お春。おまえにも色仕掛けで近づいた。その狙いは、隠し蔵の金をごっそりと奪い取ることだ。そう考えりゃ辻褄《つじつま》が合う」

「違います……」

必死に否定したが、愛しい人の突然の死に、お春にはその気力も萎《な》えているようだった。

「末八が一味だったという証はあるんだ」

昨日、隠し蔵の中から見つけた割符を見せて、酒井は冷静な声で続けた。

「奴がこの割符を使って、菱垣廻船《ひがきかいせん》で摂津《せっつ》に送り届けようとした船荷の中から、千両箱がみっつ見つかった」

「ええ!?」

驚いたのは角右衛門の方だった。到底、信じられないという顔だったが、酒井の話を聞いていくうちに、しだいに疑いの念を抱きはじめた。

「末八は、大工棟梁仁左衛門に可愛がられていたから、隠し蔵のことはよく知っていた。しかしな、人間、そうそう地金を隠すことはできるものじゃねえ。三つ子の魂百までじゃないが、若い頃の悪い癖は、めったに治らないものなんだよ」

「ちょいと待って下さいな、酒井の旦那」

声をかけたのは、店の片隅でずっと成り行きを見ていた詩織である。

「たしかに、末八さんは若い頃、悪かったかもしれない。でも、棟梁のもとでシッカリと人は変わり、まっとうになった」

「変わらねえって言ってんだ」

「いいえ。人は変わることができます。どんな極悪人でも、己がしたことを悔いて、本当に悪かったと泣く人を、忠兵衛さんは何十人何百人と見てきてるんです」

「ばかを言うな。ただ、処刑されるのが怖くて泣いていてただけだろう」

「忠兵衛さんは、酒井様とは違うんです」

詩織はきっぱりと言い放った。そして、罪を憎んで人を憎まずという同心であることも、強い口調で付け加えた。

「しかし、こうして現に、末八は割符を使って、『伊丹屋』の金を赤不動の勘蔵とともに盗み出し、上方に送ろうとしていた。船主もきちんと末八が、中身は特別な酒が入った徳利《とっくり》だということで手続きをしたと証言しておる……だが、金のことで仲間割れでもしたのであろう。そして、殺された」

「ですが、酒井様……私が気になるのは、末八さんと勘蔵との繋がりです」

「繋がり？」

「はい。一体、何処でどうやって、盗賊の頭領と知り合ったのでしょうか」

「それは……類は友を呼ぶと言うからな」

「曖昧ですね」

きちんと向き直った詩織は、いいですかと酒井の前に近づいて、

「実は私、『志会わせ屋』として、末八さんのことを色々と調べていたんです」

「末八のことを？」

「ええ。この角右衛門さんの頼みでね」

意外なことを聞いて、お春は俄に不愉快な目になった。角右衛門は済まぬと軽く頭を下げたが、お春はさらにむくれて、何か批判めいた言葉を吐こうとした。それを詩織は止めて、

「いくら奉公人とはいえ、若い頃は随分な悪さをしていたのだから、大工棟梁とのつきあいがあるとはいえ、素性を知りたいのは親としては当たり前じゃないですか。しかも、ゆくゆくは店を任せるつもりならばね」

「店を任せる……」

お春が振り返ると、角右衛門は小さく頷いて、

「おまえと一緒になれば、いずれそうなる。そのことは番頭たちにも、きちんと言い聞かせていたのだ。それが、こんなことに……」

たまらず涙声になった。詩織は角右衛門の気持ちを重々、分かっていながら、あえて厳しいことを言った。

「だから、もっと早く信じてあげていれば、もっと心に踏み込んでいれば、〝誰か〟に手引きを頼まれたとき、きっぱり断るか、角右衛門さん……あなたに相談をしたのではないでしょうかねえ」

「私に……」

「ええ。これは私の考えに過ぎませんが、〝誰か〟に手引きを頼まれて、断り切れない事情が、末八さんの方にあった……そうとしか思えないんです」

まるで岡っ引のような推察を働かせると、あの両国橋の人混みの中で殺したのだ

から、殺し慣れた者の仕業ではないかと話した。

「では、詩織……おまえは誰が殺したというのだ。おまえがさっきから言っておる〝誰か〟とは誰なんだ」

「それは――誰と会っていたか調べれば、分かるんじゃありませんかねえ」

詩織が言うと、角右衛門が身を乗り出して、すぐさま答えた。

「末八は、町方の旦那と会うと言って、出かけたんです」

「町方の……？」

訝しげに酒井を振り返ると、知らぬとばかりにむっとした顔になった。

「誰も酒井様だなんて思ってませんよ……そうか……なるほどねえ……町方と聞いて、思い当たる節はありませんか？」

「角野か」

「違いますよう。ほら、何かとお騒がせな、北町の……」

「ああ……」

酒井もピンときて、浜崎の顔を思い浮かべたものの、一筋縄ではいかぬと承知している。しかも、酒井をしても少々、苦手な男ゆえ、面倒だなと思う反面、

――今度こそ、尻尾《しっぽ》を握ってやるか。

と、怒りが湧き上がっていた。

北町奉行所に酒井が乗り込んだのは、その翌朝のことである。

すでに出仕してきていた浜崎に、赤不動の勘蔵のことで尋ねたいことがあると、奉行所内で面談を求めたが、臨時廻りの勤めがあると、あっさり断られた。だが、そこで引き下がる酒井ではない。

「待ちな、浜崎」

「何でございましょう。こちらは、南の奉行所ほど暇ではありませぬのでな」

「舐めるなよ……てめえで言うのもなんだが、南町にこの人ありと謳《うた》われる酒井様だ。しかも、筆頭同心のこの俺に、ヒラのおまえが探索について断るとは、どういう了見だ」

「了見とおっしゃられても……」

「なんなら、お奉行同士で正式に話し合って貰ってもいいんだぜ」

「どうぞ、ご随意に」

「いいのだな」

「一向に」

「おまえが……おまえが、赤不動の勘蔵と繋がっている。そのことを、お奉行直々に調べて貰ってもよいというのだな」

鋭く睨みつける酒井に、浜崎はほんの一瞬だけ、瞳が揺らいだが、

「北でも、赤不動については探索中なのです。南がぐずぐずしているので、今日から本腰を入れて調べる所存。ゆえに、あなたと遊んでいる暇はありませぬ」

「遊ぶ……か。こっちは端《はな》から探索だということで、わざわざ足を運んで来たのだ。そう言うたはずだがな」

どうでも譲らないという面構えで凝視していた酒井だが、浜崎は鼻で笑って、

「一体、何処のどなたが、ドジを踏んだんですかねえ」

「……」

「あなたが捕り逃がしてさえいなければ、今頃は、赤不動の一味は雁首《がんくび》揃えて、獄門になっていたはず。それを北町で探索し直そうとしてるのです。感謝されこそすれ、頭ごなしに文句を言われる筋合いはありませぬ」

酒井はそれには何も答えず、

「――ゆうべのことを訊きたいのだがな」

「ゆうべ？」

「両国橋近くの料理屋で、『伊丹屋』の手代と会っていたであろう」

「『伊丹屋』の手代……」

「惚けてもだめだ。裏はきちんと取ってある」

「はて。知りませぬな」

「人目につく所で会ったのが間違いだな」

「知りませぬ」

「奴は、おまえと話をすると、お春や角右衛門にも知らせてから、店を出たのだ」

「まさか……」

「何が、まさか、なのだ？　まるで知っている口振りだな」

「私は『伊丹屋』の手代など知らぬから、まさかと言ったまで。妙な勘繰《かんぐ》りはしないで貰いたいものですな。それでは……」

と表門から出て行きかけた浜崎の手を摑んだ。その途端、浜崎はぐいと手首を決めて、関取のような大柄な酒井をドスンと転がした。したたか石畳で背中を打った酒井は、カッとなって怒鳴った。

「浜崎、貴様ア！」

怒らせるのが狙いであることは、明らかであった。立ち上がって、浜崎に摑みか

かろうとしたとき、

「おやめ下さい、酒井様」

と門の外から声がかかった。

忠兵衛がひとりで立っていた。そして、おもむろに浜崎の前まで来て、

「すべて聞いて来ましたよ。大工棟梁の仁左衛門さんに」

「……」

「棟梁は今でも、自分の子のように末八のことを可愛がっていたんです。私も何度も足を運んでましたが、ようやく本当のことを話してくれました。なぜだと思います？」

「……」

「末八が殺されたからです。死んだからには、もう守ってやる必要がなくなった。本当のことを話すしかない……そう言ってね」

おっとりと言う忠兵衛の言葉が何を意味しているのか、酒井には分かりかねたが、浜崎には実に痛い一撃だった。

「浜崎さん……あんた、まさか末八が何もかも棟梁に話していたとは、思ってもみなかったでしょう。ですがね、本当に信頼している人間には、自分の悪いところや

ダメなところ、そして人に言えぬ秘密を、すべてさらけ出すものなんですよ」

「何が言いたい……」

「直ちに、南町奉行所に来て貰いたい。すべては、大岡様の采配に任せると、北のお奉行様も了承しておられます」

大岡越前守忠相からの呼び出し状を、忠兵衛は浜崎に突きつけた。

九

その日、南町奉行所は騒然としていた。

赤不動の勘蔵一味が、ひとり残らず捕縛されたからである。お白洲には十数人が数珠《じゅず》繋ぎで並んでいたが、その光景は壮絶な感じすらした。

もっとも、肝心の頭領の勘蔵の姿だけはなかった。戦《いくさ》で言えば、大将だけは逃亡したのだから、評定にはならないはずだった。

しかし、奥の襖が開いて、お白洲の上の間に現れた大岡には、いつになく険しいものがあった。強い決意で臨んでいる面持ちだった。

初めから、お白洲の筵に座らされている浜崎は実に不愉快な顔で、大岡を射るように見上げていた。

「これより、赤不動の勘蔵一味による押し込み並びに殺しにつき、吟味致す。一同の者、面《おもて》を上げろ」

赤不動一味は揃いも揃って、ふて腐れた顔で、反省している様子はまったくなかった。頭領がいないのだから、知らぬ存ぜぬを決め込めば、証拠はないと考えている節もあった。

大岡はそれを読み込み済みで、どうせ白状しないだろうからと、お白洲での問いかけは最低限に留めた。

「赤不動の一味だな」

「知りませぬ」

あっさりと言葉を交わした後、大岡は毅然とした態度のまま、

「ならば、改めて頭領を連れて来い」

と蹲同心に命じた。

すぐさま、奉行所内の牢に留められていた恭助が、お白洲に引きずって来られた。すっかり青ざめて、頰も痩《こ》けている恭助は、

「ご勘弁下さい、お奉行様。私は本当に何もしちゃいません……拾った富籤に当た

ったのがいけないのなら、ぜんぶお返しいたします。ですから、もうお許し下さい」

「富籤？　何の話だ」

「ですから、私は……盗賊なんかじゃありません」

「控えろ。お白洲であるぞ」

大岡が険しい声を発したので、恭助はしょんぼりと肩を落として、絶望したような溜息をつきながら項垂れてしまった。

「盗賊一味の者、この者を篤と見よ……おまえたちの頭領、勘蔵に間違いないな」

誰もまともに見ようとしないが、もう一度、大岡は強く命じた。

「はっきり答えろ！　返答次第では、お上にも考えがあるぞ！」

すると、盗賊たちは苦笑しつつ、

「知りませんねえ、こんな奴。見たこともない」

「ええ、そうですとも。こいつも盗賊ではないと言っているではないですか」

「こんな情けない奴と比べられちゃ、頭領もあんまりだ」

と、ひとりが答えたとき、大岡はニンマリと笑って、

「頭領もあんまり、か……てことは、頭領を知っているってことだな。つまり、赤

不動の勘蔵の顔を」

そう大岡につつかれて、盗賊一味は俄に黙り込んだ。

「口を滑らせたが、おまえたちはそれでも頭領を庇おうとしている。盗人ふぜいにも、仁義はあるということか……だが、もうそれも無駄な足掻きだ。勘蔵は、二日前、逃げた先の居酒屋で、フグを食って、毒に当たった。それで死んだら世話がない」

「ええ⁉」

と叫んだのは、恭助だった。

「勘蔵のやろう、なんだってフグなんかを……俺は富籤に当たったって、奴はフグに当たって、洒落《しゃれ》にならねえじゃねえか」

「恭助……だったな」

大岡は優しく声をかけた。

「幼馴染みだったらしいが、勘蔵が赤不動だったことは、本当に知らぬのか？」

「………」

「この際だ。正直に申せ」

「そりゃ……たまさか会って、うちに匿ったとき、もしやとは思いました……けど、あいつはガキの頃、体はでかいけれど、臆病で泣き虫で……とても、そんな大泥棒だなんて、思えませんでした。だから私は……」

「黙って、心を汲んで逃がしたか」

「というより……奴の方が、私に迷惑をかけまいと……」

「ふむ。では、おまえが隠していた金、あれは、まこと富籤で当たったものだというのだな」

「そうですよ。何度も言いました。お寺に訊いて貰えば、分かる話です！」

「ふむ。承知しておる」

「は？」

「この盗賊一味に裁きをつけるために、少々、出汁《だし》になって貰った。この通りだ、謝る」

大岡が頭をこくりと下げたので、恭助は逆に恐れ入って両手をついた。どういうことか、さっぱり分からねえと首を傾げて、顔を上げると──蹲同心の後ろに、忠兵衛が来るのが見えた。

「あっ！　この人です、お奉行様！　私があの釣り船で、その……色々と世話になって、そいでもって、富籤を！」

「分かっておる」

にこりと大岡が頷くと、忠兵衛が上の間に一礼をしてから、恭助に謝った。

「すまぬな、恭助。おまえが酒井様に証言をした後、こっそりと牢を見やると、おまえだと分かったのだが、赤不動の勘蔵と関わりがあると知って、しばらく様子を見ていたのだ」

「そ、そんな……」

「当たった大金のことを、女房に知らせなかったのも、湯水の如く使うのを懸念してのことであろう。よい心がけだ。だがな……その富札の落とし主が現れた」

「へ？」

「買った当人しか、当たり籤を金に換えることができないことは、おまえも承知しておろう。持ち主が不明ならば、買ったと惚けられるが、その印も残っておる。まあ、夢だと思って諦めるのだな」

「ば、ば……ばかな……」

「もっとも、落とし主は受け取った金の一部を、おまえにくれるそうだから、悪い話じゃあるまい。欲を出すな」

忠兵衛に諭されて、がっくりとなったものの、盗賊の一味だとの疑いが晴れ、勘蔵を逃がした罪も問われないことになったので、恭助はほっと息をついた。

ぞろぞろと盗賊一味が引き立てられた後、浜崎が不快そうな声を上げた。

「大岡様！　またぞろ、私がこのような茶番につき合わされる、その謂《いわ》れをお訊きしとう存じます！」

鋭い目で向き直った大岡は、しばらく黙ったまま睨みつけていたが、

「大工棟梁の仁左衛門が、末八から聞いていた事をすべて、吟味方与力の詮議にて話した。それを書き留めたものが、これだ」

と蹲同心を経て浜崎に手渡した。

「おまえが、殺しをネタに末八をゆすっていたことなどが、逐一、克明に書き記されているであろう。勘蔵との関わりも同様。違うか、浜崎」

眉間《みけん》に皺を寄せて、書き物を見ていた浜崎は打ち震えていたが、

「かような聞き書き……何の証になりましょう。作り話など、いくらでもできるではありませぬか。これはまさに、私を陥れるための罠。そうに違いありませぬ」

「誰が罠に陥れると？」

「それは……」

「死んだ末八がか？　勘蔵が、か？」

「いずれもですよ。同心稼業は、どこでどのような怨みを持たれているか、分かったものではありませぬからね……大岡様も死んだ者たちの証言やら、又聞きだけで、人を罪人として裁くとは、とんだ……」

「黙れ、浜崎！」

大岡が強い声を発した。

「どれが死んだ者の証言だというのだ」

「末八は死んでる。勘蔵も……」

「たしかに、末八はおまえの手の者が殺したが、勘蔵は死んではおらぬぞ」

「え？　さっき、フグの毒に当たったと……」

「当たって死んだら世話がない、と言っただけで、体中が痺れてはいるが、まだ生きておる。呂律《ろれつ》が回らぬ中で、懸命におまえとの仲を正直に話しおった」

「！……」

「……」

「これでも白を切るか」

「おぬしは、前にも同じようなことがあったが、北町の奉行もほとほと呆れておる。いい加減にしないか」

「いいえ黙りませぬぞ、大岡様……私は……私の父も同じだった。隠密同心を任されていた……もちろん、あなたが町奉行になる前の話だ」

「知っておる。だからこそ、潔くせい」

「父は隠密探索の折、盗賊の一味として、無惨にも……斬り殺された。別の隠密の手によって……だから……だから……」

「だから、なんだ。おまえは父親の仇討《あだう》ちを世の中に対してしようとしたのか」

「……」

「だとしたら、それこそ考え違いだ。父親は、お上の探索のため、あえて死んでいったのかもしれぬ。同心として命を賭けてな。その思いを、おまえは踏みにじり、己の悪行の言い訳にしているに過ぎぬ」

「――ええいッ……」

もはや何を言っても無駄だ、これまでだと思ったのであろう。浜崎は脇差しを抜き払うと上の間に駆け上がって、大岡に向かい刃を打ちつけようとした。

その寸前、忠兵衛の居合が音もなく、浜崎の膝を払った。

「うっ――！」

一瞬のうちに階段から、仰向けに転げ落ちた浜崎を、蹲同心たちが駆け寄って、取り押さえた。浜崎は頭がおかしくなったかのように激しく叫んだが、もはや逃げ道はなかった。

「おまえも憐れな男だな……行く道もなく、戻る道もなく……」

大岡は、いずれ〝打ち首の上、獄門〟の刑が評定所より言い渡されるであろうと告げ、お白洲を閉じた。


その夜――。

ぶり返したように、江戸を雪が染めた。

「こういう日こそ、フグ釣りに相応しいのだがな」

フグは年中、釣れる。だが、忠兵衛は寒い中で釣るからこそ、美味いものにありつける有り難みもあるのだと、ぶらりと出かけようとした。

すると、門前に詩織が立っている。おやっと見やった忠兵衛は、

「どうしたのだ、こんな雪の日に」

「温もろうと思って」

「え、温もる？」

「たまには、忠兵衛さんとふたりでね……なんだかさ、人の見合いの世話ばかりし

てたら、空しくなっちゃって」

　忠兵衛は釣り竿を抱えたまま、その場に立ち尽くしていた。

「どうしたの？　私を見て、立ち往生ですか」

「行く道も、戻る道も……か」

「なに？　時々、訳の分からないことを言うね、忠兵衛さん。でも、戻るなら、行く道を選びますよ、私は」

　そう言いながら、忠兵衛に寄り添った。

「釣りに行くか……今日は、火鉢を囲んで、詩織さんと温もるか……これもまた、武士の思案のしどころだな」

　ふざけて言う忠兵衛の腕を、詩織はぎゅっとつねった。

「あ、いてて……」

　薄曇りの雪の向こうに、富士《ふじ》の高嶺《たかね》がぼんやりと見える。めでたいことに、江戸の空を、茄子《なす》をくわえた鷹《たか》が、悠々と飛んでいる……ようにも見えた。

　その日、綿のような雪に、江戸はすっぽりと覆われた。

〈初出〉（すべてＫＫベストセラーズ・ベスト時代文庫）
落葉焚き　『秋螢　くらがり同心裁許帳』二〇〇八年十月刊
ぼやき地蔵　『ぼやき地蔵　くらがり同心裁許帳』二〇一〇年二月刊
名もなく貧しく　同右
立ち往生　同右

光文社文庫

傑作時代小説
ぼやき地蔵《じぞう》　くらがり同心裁許帳《どうしんさいきよちよう》(七)　精選版
著者　井川香四郎《いかわこうしろう》

2015年9月20日　初版1刷発行

発行者　鈴木広和
印刷　萩原印刷
製本　榎本製本

発行所　株式会社　光文社
〒112-8011　東京都文京区音羽1-16-6
電話(03)5395-8149　編集部
8116　書籍販売部
8125　業務部

ISBN978-4-334-76973-4　Printed in Japan

組版　萩原印刷

お願い　光文社文庫をお読みになって、いかがでございましたか。「読後の感想」を編集部あてに、ぜひお送りください。

このほか光文社文庫では、どんな本をお読みになりましたか。これから、どういう本をご希望ですか。

どの本も、誤植がないようつとめていますが、もしお気づきの点がございましたら、お教えください。ご職業、ご年齢などもお書きそえいただければ幸いです。当社の規定により本来の目的以外に使用せず、大切に扱わせていただきます。

光文社文庫編集部

光文社時代小説文庫　好評既刊

神君の遺品　上田秀人
錯綜の系譜　上田秀人
風の轍　岡田秀文
応仁秘譚抄　岡田秀文
半七捕物帳 新装版（全六巻）　岡本綺堂
影を踏まれた女（新装版）　岡本綺堂
白髪鬼（新装版）　岡本綺堂
鷲（新装版）　岡本綺堂
中国怪奇小説集（新装版）　岡本綺堂
鎧櫃の血（新装版）　岡本綺堂
江戸情話集（新装版）　岡本綺堂
蜘蛛の夢（新装版）　岡本綺堂
斬りて候（上・下）　門田泰明
一閃なり（上・下）　門田泰明
任せなせえ　門田泰明
奥傳夢千鳥　門田泰明
夢剣霞ざくら　門田泰明

汝薫るが如し　門田泰明
冗談じゃねえや（特別改訂版）　門田泰明
大江戸剣花帳（上・下）　門田泰明
奴隷戦国1572年信玄の海人　久瀬千路
奴隷戦国1573年信長の美色　久瀬千路
あられ雪　倉阪鬼一郎
おかめ晴れ　倉阪鬼一郎
きつね日和　倉阪鬼一郎
開運せいろ　倉阪鬼一郎
出世おろし　倉阪鬼一郎
江戸猫ばなし　光文社文庫編集部編
五万両の茶器　小杉健治
七万石の密書　小杉健治
六万石の文箱　小杉健治
一万石の刺客　小杉健治
十万石の謀反　小杉健治
一万両の仇討　小杉健治